삶을 바꾸는 힘

용기

The Courage

改变世界的一句话 : 影响名人的名言
作者 : 张健鹏

삶을 바꾸는 힘

용기

The Courage

쌍젠펑 지음 **임국화** 옮김

집사재

1장

용기

'신이 지배할 수 있는 것은 나의 절반뿐이다.
내가 노력할수록 내가 지배하는 절반은 점점 커진다.'
나는 언젠가 내가 신을 이길 수 있을 것이라 믿었습니다.

A급 사회자

미국 방송계에서 A급 사회자로 알려
진 그녀의 이름은 셸리 제시 라파엘Sally Jessy Raphael이다. 그녀가
진행하는 프로그램은 매우 높은 시청률을 보이기 때문에 그녀는
여러 방송사에서 서로 모셔가려 하는 대스타이기도 하다.

그러한 그녀도 과거에는 진행 스타일이 마음에 들지 않는다
는 이유로 열여덟 번이나 해고를 당한 경험이 있었다.

일찍이 그녀는 미국 ABC방송사에서 일하고 싶었다. 그러나
방송국의 책임자는 그녀에게 시청자를 끌어들일 매력이 없다고
보고 채용해 주지 않았다.

그녀는 푸에르토리코Puerto Rico로 가서 기회가 오기를 기다리

기로 한다. 하지만 스페인어를 몰랐던 그녀는 언어를 익히는 데 3년이라는 시간을 썼다. 푸에르토리코에 있는 동안 그녀는 딱 한번 중요한 취재를 맡게 되었는데, 작은 통신사에서 그녀에게 도미니크공화국의 폭동을 취재해 달라고 부탁한 것이었다. 출장 비도 나오지 않는 일이었지만 그녀는 자비를 들여가며 최선을 다했다.

이후 몇 년 동안 그녀는 끊임없이 일하고 끊임없이 해고당했다. 어떤 방송국에서는 그녀에게 진행이 무엇인지도 모른다며 모욕을 주었다.

1981년 그녀는 뉴욕의 한 방송사에 채용되었지만 시대에 뒤떨어졌다는 지적을 받았다. 이 일로 그녀는 일 년 남짓 실업자 신세가 되었다.

하루는 그녀가 한 방송사의 직원에게 자신의 토크쇼 기획안을 보여 주고 긍정적인 답변을 얻어냈다. 그러나 그 직원은 곧 방송사를 떠나 버렸다. 그녀는 또 다른 직원에게 그녀의 기획안을 보여 주었지만 그는 흥미를 보이지 않았다. 그녀는 세 번째 직원을 찾아 자신을 채용해 줄 것을 요청했다. 그는 그녀를 채용하는 데는 동의했지만, 토크쇼에 대해서는 반대했다. 그리고 그녀에게 정치프로그램의 진행을 맡겼다.

그녀는 정치에 대해서 아는 바가 없었지만 정치지식을 보충

하며 일단 일을 해 보기로 했다.

1982년 여름 그녀가 맡은 정치프로그램이 방송을 시작했다. 프로그램은 시청자가 방송사로 전화를 걸어 국가의 정치활동에 대해 토론하는 방식으로 진행되었는데, 대통령 선거에 대한 내용도 포함되어 있었다. 이는 미국 방송사상 전례가 없었던 일이었다.

그녀는 능숙하면서도 사람을 편안하게 해주는 진행 방식으로 하룻밤 사이에 유명해졌고, 그녀의 프로그램은 미국에서 가장 인기 있는 정치프로그램이 되었다.

그녀는 전미사회자대상을 두 차례나 받았으며 오늘도 800만 명의 시청자가 그녀의 프로그램을 보고 있다.

셸리 제시 라파엘은 이렇게 말한다.

"나는 평균 15개월에 한 번씩 해고당했습니다. 어떤 때는 내 인생이 끝난 것 같았습니다. 하지만 나는 이 말을 믿었습니다. '신이 지배할 수 있는 것은 나의 절반뿐이다. 내가 노력할수록 내가 지배하는 절반은 점점 커진다.' 나는 언젠가 내가 신을 이길 수 있을 것이라 믿었습니다."

포기할 줄 모르는 링컨

하고자 하는 일에 끝장을 보는 사람의 가장 좋은 실례는 아마도 에이브러햄 링컨Abraham Lincoln, 1809~1865이라고 생각한다. 포기할 줄 모르는 인물을 알고 싶다면 더 찾을 필요도 없다.

가난한 가정에서 태어난 링컨은 일생 동안 좌절과 맞서야 했다. 여덟 번의 선거에서 모두 낙선했고, 두 번의 사업도 실패했으며 정신을 놓았던 적도 있었다.

수차례의 좌절과 실패 앞에서 그는 포기할 수도 있었지만 결코 그렇게 하지 않았다. 끝까지 포기하지 않았기 때문에 그는 미국 역사상 가장 위대한 대통령이 될 수 있었다.

다음은 링컨이 백악관의 주인이 되기까지의 약력이다.

1809년(1세), 2월 12일 켄터키주에서 출생

1816년(7세), 가족들이 살던 집에서 쫓겨나다. 가족을 부양하 기 위해 일자리를 찾다.

1818년(9세), 모친 사망

1831년(22세), 사업 실패

1832년(23세), 주 의원 선거 낙선

1832년(23세), 실직하다. 법학을 공부하고 싶었으나 뜻대로 하지 못하다.

1833년(24세), 친구에게 돈을 빌려 사업을 시작했으나 곧 파 산하다. 이후 16년에 걸쳐 빚을 갚아야 했다.

1834년(25세), 일리노이주 의원 선거 당선

1835년(26세), 결혼식을 앞두고 약혼녀가 사망하다.

1836년(27세), 정신을 놓고 6개월 동안 몸져눕다.

1837년(28세), 독학으로 변호사시험에 합격하다.

1838년(29세), 주 의회의 의장직에 낙선하다.

1840년(31세), 선거인이 되려 했으나 실패하다.

1846년(37세), 연방하원의원에 출마하여 당선되다. 워싱턴 입 성의 획을 긋다.

1848년(39세), 연방하원의원 연임에 도전했으나 실패하다.

1849년(40세), 자신이 속한 주에서 토지국장을 맡으려 했으나 거절당하다.

1854년(45세), 하원의원에 당선되다.

1856년(47세), 공화당 전국대표대회에서 부통령에 지명되다. 득표수는 일백 표가 채 안 됨. 낙선하다.

1858년(49세), 상원의원에 출마했으나 낙선하다.

1860년, 미국 대통령에 당선되다. 51세.

"이 길은 매우 험합니다. 한쪽 발이 미끄러지면 다른 한쪽 발도 지탱하기 힘듭니다. 하지만 저는 천천히 심호흡을 한 다음 제 자신에게 말합니다. '그냥 한번 미끄러진 것뿐이야. 죽은 것도 아니잖아.' 저는 이 한 마디로 제 자신을 격려해 왔습니다."

링컨이 하원의원에 낙선한 후 했던 말이다.

뉴욕 주지사

로저 롤스Roger Rolls는 미국 뉴욕주州 역사상 최초의 흑인 주지사이다.

그의 취임 기자회견장에서 많은 기자들이 그의 화려한 경력에 대해 물었다. 하지만 롤스는 자신의 성공은 초등학교 때의 피어 폴Pierre Paul 교장 선생님이 해준 단 한 마디 때문이라고 말했다.

롤스는 사람들을 향해 이야기하기 시작했다.

나는 뉴욕의 빈민가에서 태어났습니다. 그곳에서 태어난 아이들은 대부분 성장한 후에도 제대로 된 직업을 갖지 못하지요.

그러나 나는 예외였습니다. 나는 대학에 갔고, 오늘 주지사의 신분으로 이곳에 서 있습니다.

이 모든 일이 우연인 것 같습니다만 사실은 그렇지 않습니다.

1961년 내가 초등학교에 다닐 때였습니다. 피어 폴 선생님이 우리 학교의 교장선생님으로 오셨지요. 나는 새로 오신 교장선생님이 우리보다 더 말썽을 피우는 아이들을 본 적이 없을 거라고 생각했습니다. 우리는 수업을 빼먹고 싸우고 학교의 기물을 파손했습니다. 하지만 선생님은 우리에게 고함 한번 치시지 않았습니다.

하루는 아이들과 함께 소란을 피우던 내가 교실 창밖으로 뛰어내렸습니다. 마침 피어 폴 선생님이 내 앞에 서 계셨습니다. 선생님은 나를 불러세우고 내게 평생 잊을 수 없는 말씀을 하셨습니다.

"나는 너의 눈을 보는 순간 알았단다. 너는 나중에 커서 뉴욕 주지사가 될 거야."

나는 너무 놀랐습니다. 피어 폴 선생님의 말씀이 너무나 의외였기 때문이었지요.

하지만 나는 선생님의 그 한 마디를 굳게 믿기로 했습니다. 그날부터 뉴욕 주지사는 하나의 깃발처럼 내 가슴속에서 펄럭였습니다. 지난 40여 년 동안 나는 주지사의 신분에 어긋나는 행동을 해 본 적이 없습니다. 그리고 오늘 나는 뉴욕 주지사가 되었습니다.

이후 기자들이 피어 폴 선생님을 찾아갔다. 이미 여든을 넘긴 노인이 된 피어 폴 선생님은 겸손한 태도로 이렇게 말할 뿐이었다.

"내게 미래를 예측할 수 있는 능력이 있는 것은 아닙니다. 나는 그저 아이들을 사랑할 뿐입니다."

최고의 CEO 이야기

　　미국의 평범한 가정에서 태어난 그
는 왜소한 몸집에 말을 더듬었지만 늘 자신감이 넘치고 승부욕
이 강한 아이였다. 이 아이는 자라서 1960년 토머스 에디슨Thomas
Edison이 창립한 GEGeneral Electric Company에 들어간 후, 20년이 지
나 이 회사 역사상 최연소 CEO가 되었다. 20년 동안 그는 하루
도 변화를 멈추지 않았다. GE의 주주들에게 거액의 재산을 안
겨 주었을 뿐만 아니라 GE를 세계 최대의 회사로 만들었다. 또
한 우수한 기업 문화를 조성하여 활력이 넘치고 무한한 발전 가
능성을 가진 회사가 되게 했다.

　　그의 지휘 아래 GE는 연속 4년 동안 〈포춘〉에 「미국에서 가

장 추앙받는 기업」으로 선정되었고, 〈파이넨셜 뉴스〉에 「세계에서 가장 존경받는 기업」으로 선정되었다. 그의 성과는 현대 기업 관리에 대한 정의를 새로이 하는 것이었다. 20세기가 끝나갈 무렵, 그는 '최고의 CEO'의 명예를 얻어 모든 CEO들의 모범이 되었는데 그가 바로 잭 웰치Jack Welch 회장이다.

다음은 잭 웰치 회장이 직접 이야기한 내용이다.

그것은 동계 마지막 아이스하키 경기였다. 당시 나는 살렘Salem 고등학교 졸업반이었는데, 우리는 앞의 세 경기에서 상대팀을 모두 격파했지만 그 후의 여섯 경기에서 모두 지고 있었다. 그 가운데 다섯 경기가 다 한 골 차이로 진 것이라서 우리는 마지막 경기에서만은 반드시 승리하고 싶었다. 팀의 부주장으로서 나는 두 골을 넣었다. 모두들 경기가 잘 풀려간다고 생각하고 있었다. 양팀이 2대 2로 동점이 되자 연장전에 들어갔다. 그야말로 흥미진진한 경기였다. 하지만 순식간에 상대팀에서 한 골을 넣었고 우리는 또 졌다. 연속 일곱 번째 맛보는 패배였다.

나는 너무나 실망하여 스틱을 바닥에 내동댕이쳤다. 그러고는 뒤도 돌아보지 않고 선수대기실로 들어가 버렸다. 스케이트를 벗거나 유니폼을 갈아입고 있는 선수들이 보였다. 그때 문이 열리고 어머니가 들어오셔서 내 소매를 잡으셨다.

"이런 못난 녀석!"

어머니가 소리치셨다.

"만일 실패가 무엇인지 모른다면 너는 영원히 성공하는 법도 알 수 없을 것이다. 정말 모르겠다면 경기에 참가하지 말거라!"

나는 친구들 앞에서 창피를 당했지만 어머니가 하신 말씀은 이후로도 잊을 수 없었다. 나는 나에 대한 어머니의 사랑과 열정이 어머니를 이곳까지 들어오게 했다는 걸 알았다. 그녀는 내 일생에 가장 큰 영향을 준 사람이다. 그녀는 나에게 경쟁의 가치를 가르쳐 주었을 뿐만 아니라, 승리의 희열을 맛보기 위해서는 반드시 실패도 해 보아야 한다는 것을 일깨워 주셨다.

나에게 지도자로서의 재능이 있어 다른 이들과 잘 지낼 수 있었다면 그것은 모두 어머니 덕분이다. 어머니는 인내심이 강하면서도 열정적인 분이셨다. 또한 사람의 성격을 잘 분석해 내는 편이라 만나는 사람들에 대해 평가를 내리곤 하셨는데 1마일 밖에서도 거짓말쟁이의 냄새를 구분해 낼 수 있다고 말씀하시곤 하셨다. 어머니는 친구들에게 매우 친절하셨다. 친척들이나 이웃이 집에 놀러와 우리 집 찻잔이 예쁘다고 칭찬하면 어머니는 조금도 주저하지 않고 그 찻잔을 선물하셨다. 그러나 누구든 어머니의 믿음을 져버린 사람에 대해서는 원망을 거두지 않으셨다. 어떤 면에서는 내가 어머니의 성격을 많이 닮았다고 할 수 있다.

내 어머니는 누군가를 관리해 본 적이 없었지만 한 사람의 자존심을 세워주기 위해서 어떻게 해야 하는지는 잘 알고 계셨다.

나는 어려서부터 말을 더듬는 버릇이 있어 적지 않은 놀림을 받았다.

어머니는 말을 더듬는 나를 위해 늘 완벽한 변명거리를 찾아주셨다.

"네가 너무 똑똑하기 때문이란다. 어떤 사람의 혀도 너의 총명한 두뇌를 쫓아올 수는 없거든."

수년 동안 나는 내 자신이 말을 더듬는 것에 대해 어떤 고민도 없었다. 나는 어머니의 말씀대로 내 두뇌가 내 혀에 비해 너무 빨리 회전한다고 믿어왔다.

오랫동안 나는 어머니가 나에게 얼마나 큰 사랑과 믿음을 주셨는지 알지 못했다. 몇십 년 후, 나는 아이스하키 선수 시절에 찍은 사진을 보게 되었다. 그때 나는 모든 팀원들 가운데 가장 왜소한 체구의 나를 발견했다. 초등학교 때 나는 농구팀의 수비수였다. 당시 내 키는 다른 선수들의 4분의 3 정도였지만 나는 그 사실을 깨닫지 못했다. 요즘 나는 어린 시절의 사진을 볼 때마다 작은 새우 같은 내 모습에 웃음을 참지 못한다. 우스운 것은 지금의 나는 내 키에 많은 불만을 갖고 있다는 사실이다. 이것만으로도 어머니의 영향이 얼마나 컸는지 설명이 된다. 어머니는 내가 하고자 하는 일은 무엇이든 성공할 것이라고 믿어 주셨다. 아직도 어머니의 말씀이 내 귓전을 맴도는 것 같다.

"만일 실패가 무엇인지 모른다면 너는 영원히 성공하는 법도 알 수 없을 것이다."

격언의 힘

마커스 카레란더는 조지아Georgia주에
사는 한 자동차 판매상의 아들로 태어났다. 그는 전형적인 미국
아이였다. 활발하고 건강했으며 농구, 테니스, 소프트볼과 수영
을 좋아했고 학교에서도 유명한 학생이었다.

훗날 그는 징집에 응하여 군에 입대하게 되었다. 군사 작전에
투입된 그는 격전 중에 그들의 진지로 날아온 수류탄을 발견했
다. 눈앞에서 수류탄이 곧 터지려 하자 그는 과감히 손을 뻗어
수류탄을 멀리 던지려 했다. 그러나 수류탄은 그의 손에서 터져
버렸고, 그는 오른쪽 다리와 손이 떨어져 나간 큰 부상을 입었
다. 왼쪽 다리 역시 부상이 심하여 절단해야만 했다. 그는 심한

고통으로 인해 울고 싶었지만 울 수가 없었다. 폭탄 파편이 그의 목구멍에 박혔기 때문이었다.

사람들은 모두 그가 살 수 없을 것이라 생각했지만 그는 기적처럼 살아났다.

그를 지탱해 준 것은 무엇이었을까? 바로 격언의 힘이었다.

생과 사의 길목에서 그는 현인들의 격언을 되뇌었다.

'고난이 당신을 더욱 강하게 하고, 강함이 기개를 낳으며, 기개가 사라지지 않을 희망을 싹틔운다는 것을 깨닫는다면 당신의 고난은 결국 행복을 가져다준다.'

마커스는 이 말을 외우고 또 외우면서 마음속으로 희망의 끈을 놓지 않았다. 젊은이에게 두 다리와 한 팔을 잃었다는 사실은 매우 큰 충격이었지만 그는 깊은 절망 속에서도 또 하나의 격언을 떠올렸다.

'운명이 당신을 가장 밑바닥으로 끌어내렸을 때 다시 높은 곳을 향해 올라가는 것이 바로 성공이다.'

귀국 후 그는 정치활동에 참여했다. 그는 먼저 조지아주 의회에서 일을 한 후 부주지사 경선에 나갔으나 낙선했다. 이 일로 받은 충격이 컸지만 그는 다음과 같은 격언으로 자신을 격려했다.

'경험은 경력과 다르다. 경험이란 인간이 여러 일들을 겪으면

서 얻는 삶의 체험이다.'

이 말은 그가 더욱 열심히 살아가도록 이끌어 주었다. 이후 그는 특수 제작된 자동차를 몰고 전국을 돌아다니면서 퇴역군인들을 위한 사업을 시작했다. 1977년 카터Jimmy Carter대통령은 그를 전국퇴역군인위원회 책임자로 임명했다. 당시 그의 나이 34세, 전국퇴역군인위원회의 역대 책임자 가운데 가장 젊은 나이였다. 카터 대통령의 퇴임 이후 마커스는 고향으로 돌아왔다. 1982년 그는 주 의회의 의장에 선출되었고, 1986년 선거에서도 승리했다.

오늘날 마커스는 애틀랜타Atlanta의 전기적 인물이 되었다. 사람들은 농구장에서 휠체어를 타고 농구하는 그의 모습을 자주 볼 수 있다. 그는 젊은이들과 함께 경기하는 것을 좋아한다. 오른손만으로(그에게는 오른손밖에 없으므로) 열여덟 번이나 연이어 정확한 슛을 넣은 적도 있다.

인생은 두 다리와 한쪽 팔이 없는 사람에게 어떤 동정이나 배려를 베풀지 않는다. 그는 다음의 격언을 인용하여 말했다.

"사람들은 당신이 당신 자신에게 하는 방식으로 당신을 대합니다. 당신이 스스로를 불쌍하게 여기면 사람들도 당신을 불쌍히 여길 것이며, 당신이 자신감에 넘쳐 있다면 사람들은 당신을 부러워할 것입니다. 당신이 자신을 포기해 버린다면 사람들도 당신을 무시하고 비웃을 것입니다."

　큰 장애를 입은 그가 정치인사가 될 수 있었고, 대통령에 의해 전국기구의 요직에 임명될 수 있었던 것은 이 몇 마디의 격언이 준 힘 덕분이었다. 그의 성공은 이 격언들의 살아있는 증거가 된 셈이다.

고난

내 아버지는 장님이고, 어머니는 중
증의 지각 장애인이었습니다. 누나와 나를 제외한 열 명의 동생
들도 모두 장님이었습니다. 장애를 가진 아버지와 어머니는 구
걸을 해야 했고, 우리 가족은 마을에서 떨어진 공동묘지에서 살
았습니다. 나는 태어나자마자 죽은 이들과 친구가 되었고, 걸음
마를 시작하고는 부모님과 함께 구걸을 하러 다녀야 했습니다.

내가 아홉 살 때, 누군가가 아버지께 말했습니다.

"아들을 학교에 보내게. 이렇게 살다가는 자네 아들도 자라서
거지밖에 더 되겠는가."

아버지는 곧 나를 학교에 보냈습니다. 학교에 간 첫날, 내 더

러운 몰골을 본 선생님은 나를 씻겨 주셨습니다. 그날 나는 태어나서 처음으로 목욕이란 걸 해 본 것입니다.

나를 공부시키기 위해 열세 살밖에 안 된 누나가 팔려갔습니다. 이제부터 나 혼자서 부모님과 동생들을 돌봐야 한다는 책임감이 내 어깨를 짓눌렀습니다. 나는 하루도 빠지지 않고 학교에 갔고, 방과 후엔 가족들이 먹을 음식을 구걸하러 다녔습니다. 동생들을 돌보아야 했고, 지능에 문제가 있었던 어머니의 생리적인 현상까지도 내가 처리해 드려야 했습니다.

시간이 지나 나는 전문학교에 진학했고, 그곳에서 좋아하는 여자 친구도 생겼습니다. 그러나 여자 친구의 집에서는 우리의 교제를 반대했습니다. 내 여자 친구는 방안에 갇혔고, 나는 흠씬 두들겨 맞은 후 쫓겨났습니다.

그래도 나는 말하고 싶습니다. 나는 내 삶에 감사하며 살고 있다는 것을 말입니다. 선생님이 나를 씻겨 주셨던 그날, 선생님은 눈물을 흘리며 말씀하셨습니다.

"하느님은 공정한 분이란다. 그분은 모든 사람들의 인생을 세심하게 계획해 두시지. 시련 뒤에는 반드시 예상치 못한 수확이 숨어 있단다. 하느님이 너를 위해 계획해 두신 것들에 감사해야 해. 지금은 너의 시련이 다른 사람들보다 크지만 네가 이 시련들을 극복하고 나면 얻게 되는 수확도 다른 사람들보다 클 거야."

나는 선생님이 해주신 이 말씀을 평생 잊을 수 없었습니다.

나는 누구도 원망하지 않았고, 하느님이 나를 위해 준비하신 모든 계획에 감사하는 법을 배웠습니다.

나는 내 부모님께 감사합니다. 그들은 비록 눈이 멀고, 지능이 낮지만 나에게 생명을 주신 분들입니다. 지금도 나는 무릎을 꿇고 부모님께 밥을 먹여 드립니다.

나는 시련의 연속이었던 내 운명에 감사합니다. 시련은 나를 더욱 강하게 단련시켰고, 나에게 남들과 다른 인생을 살게 해주었습니다. 내 여자 친구의 부모님께도 감사합니다. 나를 때려 내쫓은 일은 나에게 사랑을 얻으려거든 반드시 노력해서 성공해야 한다는 것을 깨닫게 해주었습니다.

이 이야기의 주인공은 타이완에서 1999년도 우수 청년으로 뽑힌 라이똥진賴東進이다. 그의 자서전 《가족》은 타이완에서 출판되자마자 10만 명의 독자를 울렸고, 보름 만에 베스트셀러가 되는 기적을 남겼다.

인간을 사랑하라

미국 맨해튼Manhattan에 사는 한 가
정의 가장이 죽었다. 이들은 아버지의 생명보험으로 1만 달러라
는 뜻밖의 재산을 얻게 되었다. 어머니는 이 유산으로 빈민가를
벗어나 정원이 있는 큰 집으로 이사 가기를 원했다. 학업 성적이
우수했던 딸은 이 유산으로 의과 대학에 진학하여 의사가 되고
자 하는 꿈을 실현하고 싶었다.

그러나 아들이 거절하기 어려운 요구를 해 왔다. 친구와 함께
사업을 하기로 했으니 유산을 달라는 것이었다. 그는 이 유산이
자신에게 성공과 명예를 가져다줄 것이며 그로 인해 가족들의
생활도 나아질 것이라고 말했다. 또 이 유산을 자신에게 준다면

가족들이 오랫동안 겪어온 고생은 반드시 보상하겠다고 약속했다.

어머니는 안심이 되지 않았지만 유산을 모두 아들에게 주었다. 아들에게 기회를 주어야겠다고 생각한 때문이다.

결과는 참담했다. 아들의 친구가 돈을 가지고 도망쳐 버렸다.

아들은 억울하고 분했지만 별다른 대책도 없었다. 하는 수 없이 가족들에게 사실을 알렸고, 이들의 꿈은 물거품이 되었다.

이 불행한 소식을 들은 딸은 매우 분노했다. 그녀는 오빠가 가족들에게 씻을 수 없는 죄를 지은 것이라고 생각했다. 의대에 진학하려 했던 그녀의 꿈과 가족들의 꿈이 모두 산산조각 난 것이나 다름없었다. 그녀는 온갖 방법을 동원하여 오빠를 비방하고 원망했다.

딸이 지쳐갈 무렵, 그 동안 단 한 마디도 하지 않았던 어머니가 입을 열었다.

"오빠를 사랑해라."

딸이 화를 내며 말했다.

"오빠를 사랑하라구요? 오빠에게는 사랑받을 만한 가치가 없어요."

어머니는 담담한 표정으로 딸을 바라보았다.

"사랑받을 만한 가치가 있을 거야. 사랑할 줄 모르는 사람은 그 무엇도 할 수 없단다.”

어머니의 말에 딸은 더 이상 말이 없었다.

어머니는 숨을 한 번 내쉬고는 계속해서 말씀하셨다.

“너는 오빠를 위해 눈물을 흘려 본 적이 있니? 우리 가족이 잃은 그 돈을 위해서가 아니라 모진 경험을 하게 된 네 오빠를 위해서 말이다.”

어머니의 말씀을 들으면서 그 동안 어머니를 세상물정 모르는 평범한 주부로만 생각해온 딸은 조금 놀랐다.

“너는 사람을 사랑해 주어야 할 때가 언제라고 생각하니? 설마 모든 일을 잘해 내서 너에게 편안함을 주었을 때라고 말하지는 않겠지?”

어머니는 딸의 눈을 바라보며 단호한 어조로 말을 이어 갔다.

“만일 그렇다면 너는 사랑하는 법을 모른다. 그런 사랑은 진정한 사랑이 아니다.”

“알겠어요. 엄마.”

딸의 얼굴은 이미 눈물로 젖어 있었다.

“진정한 사랑은 상대방이 어려움 속에서 허덕이거나 의기소침해 있을 때 보여 주는 거죠?”

“얘야, 이런 경험을 통해 너는 삶에 대한 태도를 바꿀 수 있는 거란다. 지금이라도 깨달았으니 이제 넌 어른이 된 것이나 다름

없다. 난 이제야 안심이 되는구나."

이야기를 마치고 어머니는 두 팔을 벌려 딸을 품에 안았다. 한쪽에서 눈물을 흘리며 두 사람의 대화를 듣고 있던 아들도 다가왔다. 세 사람은 서로를 꼭 안아주며 하나가 되었다.

"오빠, 날 용서해. 어머니 말씀이 맞아. 이런 때일수록 힘든 오빠를 더 사랑해야 하는 건데."

아들은 눈물만 흘릴 뿐 아무 말도 할 수 없었다.

"됐다. 사나이는 눈물을 흘려서는 안 된다."

아들은 어머니의 말씀을 깊이 새겼다. 5년 후 그는 맨해튼에서 손꼽히는 부자가 되었다. 10년 후에는 미국 전역에서 유명한 가전용품 판매상이 되었다. 클린턴Bill Clinton 대통령 재임 시절, 그는 대통령이 직접 수여하는 「미국을 대표하는 10대 인물」상을 받았다. 또 하버드대학Harvard University의 초청을 받아 강연을 하기도 했다. 그가 학생들에게 들려주는 이야기의 주제는 늘 같았는데, 바로 '인간을 사랑할 줄 알아야 한다'로 그의 어머니 이야기였다.

그의 이름은 헨들린Handline이다.

여동생 니나Nina는 이미 의사가 되고자 하는 꿈을 이루었고 이들 가족은 할렘Harlem가를 떠나 부자 마을에서 여유로운 삶을 누리고 있다. 근면한 어머니는 여전히 전통수공업을 하고 계시는데 자녀들이 가져다주는 돈을 써 버리고 싶지 않아서이다.

한 방송 프로그램에서 사회자가 그녀에게 이유를 물었을 때, 어머니는 이렇게 대답했다.

"나는 언제나 사람을 사랑할 줄 알아야 한다고 말해왔습니다. 물론 내 자신을 사랑하는 것도 포함해서지요. 아직은 혼자 걷고 움직일 수 있으니, 내가 내 자신을 돌봐야지요. 왜 자식에게 기댑니까?"

한 시간

세계 직물업의 거물 올브라이트 캉은 사업을 위해 반평생을 바쳐왔다. 다른 사람들은 모두 그의 성공을 부러워했지만 그는 늘 자신의 삶이 무엇인가 부족하다는 느낌을 받았다. 그러고는 자신의 어릴 적 꿈을 떠올렸다.

어린 시절 그는 화가가 되고 싶었지만 여러 가지 이유로 화가의 꿈을 접어야 했다.

'지금 그림을 배우기엔 너무 늦은 나이인가? 시간을 낼 수 있을까?'

심사숙고 끝에 그는 어릴 적 꿈을 이루어 보기로 결심했다. 그는 아무리 바쁘더라도 매일 한 시간씩 그림을 그리기로 계획했다.

올브라이트 캉은 의지가 강한 사람이었다. 그는 어떤 상황에서도 자신의 계획대로 실천했고 몇 년 후, 적지 않은 성과를 얻을 수 있었다. 몇 차례의 개인 전시회는 성공리에 마쳤으며, 그가 그린 유화는 사람들의 사랑을 받았다. 올브라이트 캉은 자신의 성공에 대해 이렇게 말했다.

"과거에 나는 정말 그림을 그리고 싶었습니다. 하지만 그림 그리는 법을 배워 본 적이 없었죠. 노력하면 이루어질 것이라는 말을 믿을 수 없었습니다. 그때 프랭클린 페일드의 말이 기억났습니다. 성공과 실패의 분수령은 단 한 마디로 표현할 수 있습니다. 바로 '나에게는 시간이 없다'라는 말입니다."

그는 이어서 말했다.

"나는 매일 한 시간씩 투자하여 그림을 배우기로 결심했습니다."

대기업의 책임자로서 이 약속을 지키는 것은 결코 쉽지 않았다. 올브라이트 캉은 이 한 시간을 방해받지 않기 위해서 매일 아침 다섯 시에 일어나 아침 식사를 하기 전까지 그림을 그렸다. 그는 지난날을 회상하며 말했다.

"사실 그리 어려운 일도 아니었습니다. 매일 그 시간에 그림을 그려야겠다고 결심하고 나니 아침 다섯 시가 되면 저절로 눈이 떠졌고, 다시 잠을 잘 수가 없었습니다."

그는 옥상을 화실로 개조하여 몇 년 동안 매일 같은 시간에 그곳에 있었다. 그 결과는 놀라운 것이었다. 그가 그린 그림이 세상에 나오기 시작했다. 그는 몇 차례 개인전을 열었고, 그의 작품들은 높은 가격으로 팔렸다. 그는 작품을 팔아 얻은 모든 수입을 우수한 예술가 지망생들을 위한 장학금으로 내놓았다.

"돈을 기부하는 것은 별 대단한 일이 못됩니다. 그것은 내가 얻은 것의 일부일 뿐이니까요. 내게는 그림을 그리면서 얻은 기쁨이 가장 큰 수확입니다."

우리에게는 매일 똑같은 시간이 주어지지만 사람들은 늘 시간이 없다고 말한다. 그러나 성공한 사람들의 성공비결은 바로 자신에게 필요한 시간을 냈다는 사실이다.

갖지 못한 것을 보지 말고,
가진 것을 바라보라

황메이리엔黃美廉은 어릴 적부터 소아마비를 앓아왔다. 몸은 평형감각을 잃었고, 팔다리는 마음대로 움직일 수 없었으며, 입으로는 계속 알아들을 수 없는 말들을 중얼거렸다. 그 기이한 모습은 사람들을 놀라게 했다. 일반인들이 보기에 정상적인 생활 조건을 갖추지 못한 그녀의 인생에 미래나 행복이라는 단어는 어울리지 않는 것이었다.

그러나 굳은 의지의 여인 황메이리엔은 미국의 캘리포니아 대학California State University에 진학했고, 예술박사 학위까지 받았다. 그녀는 손에 쥔 붓에 뛰어난 감각을 실어 자신의 감정을 표현해 냈다.

그녀가 강연회에 초청되어 갔을 때, 한 고등학생이 의외의 질문을 했다.

"황 박사님, 박사님은 어렸을 때부터 줄곧 지금과 같은 모습으로 살아온 자기 자신에 대해 어떻게 생각하십니까?"

그 자리에 있던 사람들은 모두 이 학생의 무례함을 꾸짖으려 했지만 황메이리엔은 오히려 편안한 모습으로 칠판에 이렇게 써 내려갔다.

1. 나는 정말 사랑스럽습니다.

2. 나는 길고 아름다운 다리를 가졌습니다.

3. 나에게는 나를 너무나 사랑해 주시는 부모님이 계십니다.

4. 나는 그림을 잘 그리고, 글도 씁니다.

5. 나에게는 귀여운 고양이가 한 마리 있습니다.

6. ……

마지막에 그녀는 이 한 마디 말로 결론을 내렸다.

"나는 내가 갖지 못한 것이 아닌 내가 가진 것을 바라봅니다."

세상을 향해 나아가라

34년 전, 한 아이가 태어났다. 아이의
아버지는 태어난 아이를 보고 자신의 두 눈을 의심했다. 아이의
몸은 다른 갓난아이들의 절반도 안 되었고 다리는 기형이었으
며, 항문도 없었다.

아버지는 의사의 말에 따라 마음의 준비를 했다. 그러나 아
이는 의사가 단언한 생존 기한을 넘어 지금까지 잘 살아오고 있
다. 그가 바로 누구나 인정하는 만능 스포츠맨이며 190여 개 나
라에서 800여 차례의 강연을 한 유명한 연설가 존 커티스John
Curtis이다.

사람들은 존 커티스가 살아남은 것을 기적이라 했지만 그는

세상에 더 많은 기적을 가져다주고 있다.

작은 키의 존에게 주변 모든 사물은 거대한 괴물처럼 보였다. 자연히 그의 마음속은 공포심으로 가득했다. 집에서 키우는 개나 맞은편의 큰 도로도 모두 존에게는 두려움의 대상이었다.

"이 아이를 어떻게 대해야 할까?"

"아이의 인생은 어떻게 될 것인가?"

"이 아이가 끝까지 살아남을 수 있을까?"

늘 이런 고민 속에 빠져 있던 존의 아버지가 마침내 결정을 내렸다.

"이 아이는 살아남는 것이 아니라 잘 살아야만 한다. 아이의 몸은 비록 불완전할지라도 반드시 하나의 완전한 세계를 갖게 해야 한다. 누군가가 늘 도와줄 수는 없다. 오직 혼자의 힘으로 해내야 한다."

"너 스스로 두려움에 맞서야 한단다. 용기를 내거라."

아버지는 이렇게 말한 후 존을 개가 있는 뒤뜰에 홀로 남겨 두었다. 뒤뜰에서 존의 날카로운 비명과 개 짖는 소리가 들려왔지만 아버지는 나가 보지 않았다. 한 이웃의 신고로 경찰이 왔다. 아버지가 경찰과 함께 다시 뒤뜰로 갔을 때 거기 있던 모든 사람들은 놀라지 않을 수 없었다. 자그마한 체구의 존이 개의 등에 올라탄 채 만족스러운 듯 웃고 있었다.

이 사건은 어린 존에게 처음으로 승리를 맛보게 해주었으며, 아버지에게는 아들에 대한 믿음을 확고히 해주었다.

"너 스스로 두려움에 맞서야 한단다. 용기를 내거라."

이 말은 아버지가 아들을 격려하기 위해 한 말이었지만 사실 그 자신을 격려하는 말이기도 했다.

존이 학교에 갈 나이가 되자 아버지는 존을 보통 아이들이 다니는 학교에 데리고 갔다. 존이 마주하게 된 진짜 세상은 가혹한 곳이었다. 고등학교에 진학했을 때에는 괴로움과 자괴감으로 자살을 생각하기도 했다. 하지만 존은 가족들의 사랑과 격려로 견뎌 낼 수 있었다.

졸업 후, 존은 스케이트보드를 타고 일자리를 찾아 나섰다. 한 집 한 집 문을 두드려 보았지만 대부분의 사람들은 존을 미처 발견하지 못한 채 다시 문을 닫아버렸다.

현재 존은 자신의 일을 찾았다. 만능 스포츠맨으로 인정받고 있으며, 전 세계를 누비는 유명한 연설가가 되었다. 좋아하는 여자와 결혼도 했다.

현재 존 커티스는 호주에서 가장 유명한 인물 가운데 한 사람이다.

기적이 일어나는 과정

1968년 봄, 로버트 슐러Robert H. Schuller 박사는 캘리포니아California주에 유리로 만든 크리스털 교회를 짓겠다는 뜻을 세웠다. 슐러 박사는 한 유명한 건축가에게 설계를 부탁한 뒤 그가 예산을 묻자 이렇게 대답했다.

"지금은 돈이 없습니다. 그러니 100만 달러든 500만 달러든 나에게는 별로 다를 것이 없군요. 중요한 것은 내가 크리스털 교회를 짓겠다는 꿈을 가졌다는 사실입니다. 내가 중학교에 다닐 때 한 선생님께서 말씀하셨습니다. '너에게 꿈이 있고, 그것을 위해 노력하기만 한다면 꿈은 반드시 이루어질 것이다.' 당신은 교회를 아름답게 지어 주기만 하면 됩니다. 내가 기부금을 충분히 모아 올 테니까요."

교회를 짓는 데 필요한 최종 예산은 700만 달러였다. 이것은 당시로서는 천문학적인 액수였다.

그날 저녁 슐러 박사는 종이 한 장을 꺼내어 '700만 달러'라고 적었다. 그리고 계속해서 10가지 계획을 적어나갔다.

1. 700만 달러 기부 1회 받기

2. 100만 달러 기부 7회 받기

3. 50만 달러 기부 14회 받기

4. 25만 달러 기부 28회 받기

5. 10만 달러 기부 70회 받기

6. 7만 달러 기부 100회 받기

7. 5만 달러 기부 140회 받기

8. 2만 5000달러 기부 280회 받기

9. 1만 달러 기부 700회 받기

10. 700달러짜리 창문 1000개 팔기

60일 후 슐러 박사는 신비로우면서 아름다운 크리스털 교회의 모형만으로 재벌 존 커린John Currin을 감동시켜 100만 달러를 기부받았다.

65일째 슐러 박사의 강연을 들은 농민 부부가 1000달러를 기부했다.

90일이 되었을 때 슐러 박사의 뜻에 감동받은 한 신사가 자신의 생일 기념으로 슐러 박사에게 100만 달러짜리 수표를 기부했다.

8개월 후, 한 기부자가 슐러 박사에게 말했다.

"당신의 믿음과 노력으로 600만 달러를 모을 수 있다면 나머지 100만 달러는 내가 드리겠소."

다음 해 슐러 박사는 사람들에게 하나당 500달러의 가격으로 크리스털 교회의 창문을 구입할 것을 부탁했다. 그러자 매월 50달러씩 10개월에 나누어 지불하는 조건으로 6개월 동안 만여 개의 창문이 모두 팔렸다.

……

1980년 9월, 만여 명을 수용할 수 있는 "워크 인 드라이브 인 walk in drive in 교회"(일명 크리스털 교회)가 12년 만에 완성되었다. 세계 건축사상 기적으로 남은 이 교회는 세계 각지에서 캘리포니아를 찾아온 사람들이 반드시 보고 싶어하는 절경이 되었다.

크리스털 교회를 짓는 데 들어간 건축비용은 모두 2000만 달러였다. 이 비용은 모두 슐러 박사가 조금씩 기부받은 돈으로 충당되었다.

당신도 자신의 꿈을 설계할 수 있다. 종이 한 장을 꺼내 들고
자신의 꿈을 실현시킬 과정을 적어보는 것은 누구나 할 수 있는
일이다.

디즈니 이야기

오늘날 전 세계적으로 미키 마우스 Mickey Mouse와 도널드 덕Donald Duck, 그리고 그들을 창조해 낸 월트 디즈니Walt Disney, 1901~1966를 모르는 사람은 없다. 그러나 스물일곱 개나 되는 오스카상을 받은 세계 최고의 만화가 디즈니가 어린 시절 풍부한 상상력 때문에 야단맞던 소년이었다는 것을 아는 사람은 드물다. 청년 시절, 그는 그림에 소질이 전혀 없다는 소리를 들은 적도 있었다.

디즈니는 학교에 다닐 때, 그림과 탐험소설에 빠져 있었다. 마크 트웨인Mark Twain의 《톰 소여의 모험》과 같은 소설도 이미 읽은 후였다. 한번은 선생님이 그림을 그려오라는 과제를 내주었다. 어린 디즈니는 자신의 상상력을 마음껏 발휘하여 꽃으로 사람의 얼굴을 표현하고, 나뭇잎으로 손을 표현했다. 또 꽃마다 다른 표정을 갖게 하여 자신의 개성을 표현했다. 이것은 아이의 입장에서 보면 매우 긍정적인 일이었다. 그러나 아이들의 마음 속에 있는 미묘한 세계를 전혀 이해하지 못했던 선생님은 디즈니가 장난을 친 것이라고 생각했다.

"꽃은 그냥 꽃이야. 어떻게 사람이 될 수 있지? 잘 그리지 못하더라도 이렇게 마음대로 장난을 해서는 안 돼!"

그러고는 친구들 앞에서 그의 작품을 갈기갈기 찢어버렸다.

어린 디즈니는 설명하려 했다.

"제 마음속에서 이 꽃들은 모두 생명이 있어요. 가끔은 저에게 인사하는 소리도 들을 수 있는걸요."

선생님은 화를 내며 더 엄하게 그를 꾸짖었고 다시는 그런 그림을 그리지 말라고 경고했다.

디즈니는 답답한 마음을 가진 채 집으로 돌아갔다. 디즈니에게 일어난 일들을 알게 된 아버지가 말씀하셨다.

"자신을 다스릴 수 없는 사람은 평생 노예나 다름없단다."

다행히도 어린 디즈니는 아버지의 말씀을 이해할 수 있었다.

제1차 세계대전이 발발하자 디즈니는 부모님의 반대를 무릅쓰고 군대에 지원했다. 군에서 운전을 맡았던 그는 쉬는 시간에

만화를 그려 국내의 몇몇 잡지사에 보냈지만 어느 하나 예외랄 것도 없이 모두 되돌아왔다. 이유는 그의 작품이 너무 평범하고, 작가의 재능이 부족하다는 것이었다.

전쟁이 끝나자 디즈니는 냉동 공장에서 일하라는 아버지의 권유를 뿌리치고, 화가의 꿈을 이루기 위해 집을 떠났다. 캔자스 Kansas로 간 그는 자신의 작품을 가지고 여러 잡지사와 출판사를 찾아갔다. 몇 차례 거절만 당하던 그에게 한 광고회사에서 일자리를 주었다. 그러나 그는 그림을 그리는 재능이 부족하다는 이유로 한 달도 못되어 해고당했다.

1923년 10월 월트 디즈니는 마침내 형 로이와 함께 할리우드에 있는 허름한 창고를 빌려 월트 디즈니사를 세웠다. 비록 많은 고난을 겪었지만 그가 창조한 미키 마우스와 도널드 덕은 몇 년 후 전 세계에 이름을 떨치게 되었고, 그에게 스물일곱 개의 오스카상을 안겨주었다. 이로써 그는 전 세계에서 오스카상을 가장 많이 받은 인물이 되었다.

월트 디즈니는 어린 시절 아버지가 자신을 격려해 주셨을 때만 해도 자신이 오늘날과 같은 성공을 거두리라고는 생각하지 못했다고 한다. 디즈니는 아버지가 하신 말씀은 아버지가 지어내신 것이 아니라 괴테가 남긴 명언이라는 것을 나중에야 알게 되었다.

"인생을 즐기려고만 하는 사람은 어떤 일도 이루지 못할 것이며, 자신을 다스릴 수 없는 사람은 평생 노예나 다름없는 삶을 살 것이다."

'다른 사람이 비판한다고 해서 자신의 항로를 쉽게 바꾸는 사람은 영원히 목적지에 도달할 수 없다.'

월트 디즈니의 결론이다.

2장

성공

그는 다른 사람들과 다르게 입었기 때문에 내 눈에 잘 띄는 거란다.
다른 사람들과 똑같다면 어떻게 다른 사람보다 많은 기회를 얻을 수 있겠니?

붉은색 옷을 입어라

미국의 강철 대왕 앤드류 카네기Andrew Carnegie, 1835~1919는 어린 시절 매우 가난했다. 어느 날 수업을 마치고 집으로 가던 길에 공사현장을 지나던 카네기는 그곳에서 마치 높은 사장님처럼 화려하게 차려입은 남자가 일꾼들을 지휘하고 있는 모습을 보았다.

"지금 무슨 일을 하고 있는 건가요?"

카네기는 사장처럼 보이는 이에게 다가가서 물었다.

"고층 건물을 짓고 있는 거란다. 우리 백화점과 다른 회사들이 들어오게 될 곳이지."

그가 대답해 주었다.

"제가 어떻게 하면 커서 아저씨처럼 될 수 있을까요?"

카네기가 부러운 듯 물었다.

"우선은 열심히 일해야 하고……."

"그건 저도 알고 있어요. 그 다음은요?"

"붉은색 옷을 사 입거라."

카네기의 얼굴은 호기심으로 가득 찼다.

"그게 성공하고 무슨 상관이 있나요?"

"있지!"

그가 앞쪽에서 일하고 있는 일꾼들을 가리키며 말했다.

"저들은 모두 내 부하직원들이란다. 봐라. 모두들 똑같이 푸른색 옷을 입고 있지? 그래서 나는 누가 누군지 도무지 알 수가 없단다."

그러고는 다시 그 가운데 한 사람을 가리켰다.

"하지만 저기 붉은 셔츠를 입은 사람이 있지. 보이니? 그는 다른 사람들과 다르게 입었기 때문에 내 눈에 잘 띄지. 나는 며칠 후에 저 친구를 내 조수로 삼을 생각이란다. 다른 사람들과 똑같다면 어떻게 다른 사람보다 많은 기회를 얻을 수 있겠니?"

이날의 대화는 카네기에게 큰 충격을 주었다.

'다른 사람과 달라야 더 많은 기회를 얻을 수 있다.'

카네기는 이 말을 가슴 깊이 새겼다.

당신은 누구를 위해 일하는가

펜실베이니아의 어느 산촌에 살던 보잘 것 없는 마부가 훗날 미국의 유명한 기업인이 되었다. '아메리칸 드림'을 현실로 만든 이 사람의 이름은 찰스 M. 슈왑Charles Michael Schwab, 1862~1939이었다.

슈왑은 다른 사람들과 달리 자신이 받는 보수에 크게 연연해하지 않았다. 그의 가장 큰 관심사는 새로 시작한 일이 이전의 일보다 얼마나 전망이 있느냐 하는 것이었다. 이것이 바로 슈왑의 성공 비결이라고 할 수 있다. 그는 평소 다음과 같은 말을 굳게 믿었다.

"당신 스스로 다른 사람을 위해 일하고 있다고 생각한다면 당신은 영원히 다른 사람을 위해 일하는 것입니다. 그러나 당신이 자신을 위해 일한다고 믿는 사람은 자기 자신을 위한 삶을 살고 있는 것입니다."

슈왑은 어린 시절 아주 잠깐 학교에 다녔다. 열다섯 살이 되던 해에는 가족의 생계를 위해 마부가 되어야 했다. 그러나 늘 희망을 품고 살았던 슈왑은 끊임없이 더 나은 기회를 찾기 위해 노력했다. 3년 후, 슈왑은 마침내 미국의 강철대왕 앤드류 카네기Andrew Carnegie, 1835~1919의 사업체 건축 현장에서 일하게 되었다. 그곳에서 슈왑은 동료들 가운데 가장 우수한 인재가 되리라는 결심을 했다. 다른 사람들이 고된 노동과 적은 보수를 탓하며 파업을 일삼을 때에도 슈왑은 묵묵히 일하며 혼자서 건축 지식을 공부했다.

어느 날 저녁 슈왑이 한가롭게 떠드는 동료들을 피해 방 한 구석에서 책을 읽고 있을 때 업무 시찰을 나왔던 사장이 우연히 이 모습을 보게 되었다. 그는 슈왑이 들고 있던 책과 노트를 자세히 살펴보고는 아무 말도 하지 않은 채 돌아갔다. 다음날 사장은 슈왑을 사무실로 불러 물었다.

"건축 지식은 왜 공부하고 있나?"

슈왑이 대답했다.

"제 생각에 우리 회사에는 노동자는 많습니다만 풍부한 경험과 전문적인 지식을 두루 갖춘 기술자나 관리자가 부족한 것 같습니다. 그래서……."

사장은 고개를 끄덕였다. 이 일이 있고 얼마 지나지 않아 슈왑은 단순 노동직에서 기사로 승진했다. 노동자들 가운데 일부는 그를 질투하여 시비를 걸기도 했지만 슈왑의 대답은 늘 한결같았다.

"나는 사장을 위해서 일하는 것이 아닙니다. 단순히 돈을 벌기 위해 일하는 것은 더더욱 아닙니다. 내 꿈과 포부를 이루기 위해 일합니다. 우리는 일한 성과에 따라 더 높은 단계로 올라갈 수 있습니다. 나는 내가 일해서 얻은 성과가 내가 받는 보수보다 훨씬 크기를 바랍니다. 그렇게 하다 보면 기회는 언제든 찾아오기 마련입니다."

슈왑은 동료들 가운데 가장 우수한 인재가 되려고 노력했다. 동료들이 그를 비웃고 멸시할 때에도 오직 자신의 일에 최선을 다할 뿐이었다. 그는 현재 받는 보수는 자신이 미래에 갖게 될 재산에 비하면 턱없이 적은 액수이므로 그 몇 달러에 연연해하는 것은 쓸데없는 짓이라고 생각했다. 주변 사람들의 평범한 삶을 보면서 그는 더욱 분발했고 무슨 일을 하든 낙관적인 태도로 임했으며, 업무에 있어서는 완벽을 추구했다. 그렇게 노력한 끝에 슈왑은 스물다섯이 되던 해 자신이 일하던 건축회사의 사장이 되었다. 또 일에 대한 뜨거운 열정과 관리능력을 인정받아 몇 년 후에는 카네기의 철강회사 사장직에 임명되었다.

슈왑이 사장이 된 지 7년째 되던 해, 당시 미국 철도 사업을 장악하고 있던 대재벌 모건John Pierpont Morgan, 1837~1913이 카네기 철강회사와의 합병을 제안해 왔다. 카네기가 반응을 보이지 않자 모건은 당시 미국 철강업계의 2인자였던 페더럴 철강회사와 합병하겠다는 소문을 퍼뜨렸다. 이 소문은 카네기를 움직이기에 충분한 것이었다. 카네기는 페더럴 철강회사와 모건이 손을 잡을 경우 자신의 회사 발전에 큰 위협이 되리라는 것을 알고 있었다. 카네기는 슈왑에게 자신이 제시한 조건에 맞추어 모건과 합병을 의논할 것을 지시했다. 슈왑은 자료들을 살펴보고 상황을 파악한 후 카네기에게 말했다.

"최후의 결정권은 회장님께 있습니다. 하지만 저는 이 조건들로 협상할 경우 모건은 기꺼이 받아들이겠지만 회장님은 큰 손실을 입게 될 것이라고 생각합니다. 회장님은 이 일에 대해 저만큼 자세하게 파악하지 못하신 듯합니다."

슈왑의 충고를 받아들인 카네기는 더욱 철저한 분석을 통해 자신이 모건을 너무 높이 평가했음을 인정했다. 카네기는 모건과의 담판에 관한 전권을 슈왑에게 맡겨 자신에게 절대적으로 우세한 합병 조건을 얻어낼 수 있었다. 자신이 손해를 보았음을 깨달은 모건이 슈왑에게 말했다.

"기왕 이렇게 된 일, 내일 카네기 회장이 내 사무실에 와서 사인을 했으면 합니다."

슈왑은 다음날 아침 일찍 모건의 사무실에 찾아가 카네기의 말을 전했다.

"51번가에서 월가Wall street까지의 거리와 월가에서 51번가까지의 거리는 같습니다."

그러자 잠시 망설이던 모건이 입을 열었다.

"그렇다면 내가 그쪽으로 가면 되겠군요."

모건은 지금까지 다른 사람의 사무실에 간 적이 없었다. 그러나 이번만큼은 온몸을 던져 일하는 슈왑을 만나 고개를 숙이지 않을 수 없었고 그는 사무실 의자에서 일어섰다.

이후 슈왑은 마침내 자신의 회사인 베들레헴 철강회사를 세움으로써 평범한 노동자에서 기업의 창업자가 되는 위대한 꿈을 이루었다.

세계 제일의 세일즈맨

세계 제일의 세일즈맨으로 불리는 조 지라드Joe Girard는 15년 동안 1만 3,001대의 자동차를 팔았다. 일 년에 자동차 1,425대(하루 평균 4대)를 판 그의 기록은 세계 기네스북에도 올라 있다. 그의 영업 비결이 궁금하지 않은가? 그는 다음과 같은 이야기를 한 적이 있다.

한 중년 부인이 내 매장으로 들어왔다. 잠깐 자동차를 구경하겠다는 것이었다. 부인과 이야기를 나누면서 그녀가 자신의 사촌언니가 모는 흰색 포드 자동차와 같은 차를 사려 한다는 것을 알게 되었다. 이곳으로 오기 전 그녀는 맞은편에 있는 포드 자동차 매장에 갔지만 담당자가 없었으므로 한 시간 후에 다시 오라는 대답을 들었다고 했다. 그래서 그녀는 남은 시간을 보내기 위해 내 매장에 들른 것이었다. 그녀는 또 오늘이 자신의 55번째 생일이며 그래서 자기 자신에게 자동차를 선물하려는 것이라고 말해 주었다.

"생신 축하드립니다. 부인!"

나는 이렇게 말하고 그녀를 사무실로 들어오게 해 따뜻한 차를 한 잔 대접했다. 그러고는 부하 직원에게 일을 지시하고 돌아와 그녀에게 말했다.

"부인, 흰색 차를 좋아하신다고 하셨죠. 기왕 시간도 있으시니 제가 이곳에 있는 새로 나온 차를 소개해 드릴까 합니다. 물론 흰색이구요."

우리가 이야기를 나누고 있을 때, 내 비서가 장미 한 다발을 들고 들어왔다. 나는 부인에게 꽃다발을 건네며 말했다.

"건강하게 오래 사십시오. 부인!"

그녀는 감동한 듯 눈가가 젖어들었다.

"이런 선물을 받아본 지 너무 오래됐네요."

그러고는 말을 이어 나갔다.

"좀 전에 포드 매장의 직원은 분명 내가 몰고 온 낡은 차를 보고 내가 새 차를 살 수 없을 거라고 생각한 모양이에요. 차를 보겠다고 해도 별로 달가워하지 않았어요. 사실, 난 흰색 자동차를 원하는 것뿐이에요. 내 사촌 언니의 차가 포드라서 나도 포드를 사야겠다고 생각한 것이죠. 다시 생각해 보니 포드가 아니더라도 상관없을 것 같군요."

결국 그녀는 내 매장에서 흰색 시보레 자동차를 샀다. 나는 그녀가 내 매장에 들어온 순간부터 자동차를 계약하고 나가는 순간까지 포드를 포기하고 시보레를 사 달라는 말 따위는 한 마디도 하지 않았다. 단지 그녀는 이곳에서 자신이 존중받고 있다는 느낌을 받았기 때문에 원래의 계획을 포기하고 나에게 자동차를 구매했다.

"진실은 세일즈맨이 갖추어야 할 첫 번째 조건이다. 탐욕스러운 모습이 아닌 진실한 모습으로 고객을 대해야 한다. 당신의 눈앞에 서 있는 한 사람 한 사람을 존중하고, 진실하게 대하라. 그들은 모두 당신의 신이다. 세일즈맨이라면 반드시 이것을 기억해야 한다."

이 이야기는 내가 신입사원 교육을 받을 때 선생님이 하신 말씀이다. 그곳에 있던 많은 세일즈맨들이 이 이야기를 들었지만 그 중 몇 명이 이를 가슴 깊이 새기고 실천하고 있는지는 알 수 없다. 그러나 나에게는 이것이 나의 일에 있어 첫 번째 준칙이며, 내 성공의 기초가 되었다.

세일즈맨인 우리가 상품의 품질을 바꿀 수는 없다. 상품의 품질에 큰 차이가 없다면, 고객의 구매를 결정짓는 것은 바로 세일즈맨의 태도이다. 우리의 진실과 존중이 우리 앞에 있는 고객의 소비욕구를 충족시켜 줄 수 있다. 기억하라. 당신이 고객을 만족시킬 때 그 힘은 눈덩이를 굴리듯 점점 커질 것이며, 당신의 지갑도 자연히 가득 채워진다는 사실을.

다음은 당신이 이야기할 차례입니다

미국의 보험 대왕 프랭크 베트거Frank Bettger에게도 하루하루가 곤욕스러웠던 신입 시절이 있었다. 그는 과거를 떠올리며 이렇게 말했다.

내가 처음으로 실패를 맛본 날, 한 친구가 나에게 적합한 강의가 있다며 추천했다. 함께 강의에 참석한 우리는 교실의 맨 뒷자리에 앉았다. 친구가 낮은 목소리로 말했다.

"지금 듣게 되는 것은 대중연설 수업이야."

이때 한 사람이 일어나 연설을 하기 시작했다. 그는 매우 긴장한 모습으로 떨고 있었다. 그 모습을 보면서 나는 깨달았다.

"저 사람 나하고 똑같군. 두려워서 덜덜 떨고 있어. 아마 내가 저 사람보다 더하면 더했지 못하지는 않겠군."

연설을 마친 사람에게 평가를 해주던 사람이 내 쪽으로 걸어왔다. 나를 데려간 친구가 나를 그에게 인사시켰는데, 그는 바로 데일 카네기Dale Carnegie였다.

"이 강의에 참여하고 싶습니다."

내가 말했다.

카네기는 친절하게 설명해 주었다.

"이 강의는 이미 과정의 절반이 진행된 상태입니다. 조금만 기다리시면 새로운 강의가 시작될 것입니다."

"아니요. 저는 지금 당장 시작하고 싶습니다."

"알겠습니다."

카네기는 미소로 답하면서 나의 손을 잡아주었다.

"다음은 당신이 이야기를 할 차례입니다."

당시 나는 너무나 긴장하여 계속해서 떨고 있었다. 정말 쓰러지기 직전이었다. 하지만 나는 이야기를 시작했고, 이는 내 인생에서 처음 있는 일이었다. 이전까지 나는 많은 사람들 앞에서 "여러분, 안녕하십니까?"라는 말조차 꺼내 본 적이 없는 사람이었다.

이미 30년이 지난 일이 되었지만 그날 덜덜 떨면서 연설을 했던 기억은 아직도 생생하다. 그것은 내 인생의 전환점이었다. 카네기가 "다음은 당신이 이야기할 차례입니다"라고 말하는 목소리가 지금도 내 귓가를 맴도는 것 같다. 카네기를 만나지 못했다면 나는 성공할 수 없었다.

카네기의 대중연설 강의를 통해 자신감을 얻은 프랭크 베트거는 시야를 넓히고, 자기 안에 있던 열정을 끌어낼 수 있었다. 이는 그가 다른 사람을 설득하는데 도움을 주었고, 그는 유명한 보험 세일즈의 대왕이 될 수 있었다.

"다음은 당신이 이야기할 차례입니다."

당신이 입을 열어 큰 목소리로 말할 수 있다면 이미 절반은 성공한 것과 같다. 자신감은 그렇게 쌓아가는 것이다. 첫걸음을 내딛지 못하는 사람에게는 길이 있을 수 없다.

가장 어려운 일과 가장 쉬운 일

고대 그리스 철학자 소크라테스Socrates
가 제자들에게 말했다.

"오늘 우리는 세상에서 가장 쉬우면서도 가장 어려운 일에 대
해 이야기해 보겠다. 모두들 어깨를 최대한 앞을 향해 흔들어 보
아라. 그 다음엔 다시 최대한 뒤로 흔들어 보아라."

소크라테스는 시범을 보이며 계속해서 말했다.

"오늘부터 매일 이렇게 300번을 하라. 모두들 할 수 있겠는
가?"

제자들은 웃었다. 이렇게 간단한 일을 하는 것인데 뭐 어려울
것이 있겠는가? 소크라테스가 말했다.

"웃지 말라. 세상에서 가장 어려운 일은 가장 쉬운 일을 지속적으로 하는 일이다. 한 가지 일이라도 지속적으로 잘해 내는 사람이 성공할 수 있다."

한 달 후 소크라테스가 제자들에게 물었다.

"매일 어깨를 300번씩 흔들고 있는 사람이 있는가?"

제자들 가운데 90%가 자랑스러운 듯 손을 들었다. 다시 한 달이 지나 소크라테스가 똑같은 질문을 했다. 이번에는 80% 정도가 손을 들었다.

일 년이 지나자 소크라테스는 다시 제자들을 향해 물었다.

"가장 쉬운 어깨 흔들기 운동을 아직 지속적으로 하고 있는 사람은 몇이나 되는가?"

이때 단 한 사람이 손을 들었다. 그는 바로 훗날 고대 그리스의 대철학자가 된 플라톤Platon이었다.

어떤 일을 계속한다는 것은 세상에서 가장 쉬운 일이면서 또한 가장 어려운 일이기도 하다. 그것이 쉽다고 말하는 것은 하려고만 하면 누구나 할 수 있기 때문이다. 그것이 어렵다고 말하는 것은 정말로 그렇게 할 수 있는 사람은 소수에 불과하기 때문이다. 무슨 일이든 지속적으로 해 나가다 보면 성공할 수 있다. 이것은 누구나 아는 성공의 비결이다.

록펠러의 첫 번째 직업

세계 석유대왕 록펠러John D. Rockefeller,
1839~1937가 젊은 시절 처음으로 석유회사에 입사했을 때의 일이
다. 내세울 만한 학력이나 특별한 기술이 없었던 그는 석유통의
뚜껑에 용접이 잘 되었는지를 검사하는 일을 맡게 되었다. 이 일
은 회사 전체에서 가장 간단하고, 단순한 공정으로 사람들은 세
살짜리도 할 수 있는 일이라고 농담조로 말하곤 했다. 록펠러는
매일 용접제가 석유통의 뚜껑을 따라 떨어지는 것과 용접을 마
친 석유통이 옮겨지는 것을 지켜보았다.

보름이 지나자 록펠러는 더 이상 참을 수가 없었다. 그는 주
임을 찾아가 업무를 바꿔줄 것을 부탁했지만 거절당했다.

주임은 눈앞에 있는 젊은이에게 이렇게 말했다.

"젊은이, 현재 자네의 경력과 조건으로는 그 일밖에 줄 수가 없네. 그러나 이것만은 알려주지. 어떤 일을 하느냐는 중요하지 않다네. 원대한 포부를 가진 사람이라면 아주 간단한 일을 하더라도 다른 사람보다 잘해 내고 말거든."

다른 방법이 없었던 록펠러는 용접기 옆으로 돌아올 수밖에 없었다. 그는 생각했다.

"주임 말이 맞아. 가장 기본적인 일에서 한 걸음씩 나아가는 거야. 맡은 일을 잘해 내면 다른 사람들도 나의 가치와 능력을 알아보게 될 거야. 그럼 더 많은 기회를 얻을 수 있겠지!"

비록 더 나은 업무를 맡지는 못했지만 그것은 현재 맡은 간단한 업무를 잘해 낸 다음 다시 말해도 될 문제였다. 지금 맡은 업무도 회사에서는 아주 중요한 일일지도 모른다는 생각이 들었다.

록펠러는 열심히 일했다. 그는 석유통의 뚜껑 위로 떨어지는 용접제의 양과 떨어지는 속도를 자세히 관찰했다. 당시 석유통 뚜껑 하나를 용접하기 위해서 용접제가 서른아홉 방울씩 떨어지도록 되어 있었는데, 그가 다시 연구하고 계산해 보니 실제로 서른여덟 방울이면 충분했다.

반복된 테스트와 실험을 거친 후, 록펠러는 마침내 '서른여덟 방울형' 용접기를 제작했다. 이 용접기를 사용할 경우 석유통 하나를 용접하는데 용접제 한 방울이 절약되는 것에 불과했지만, 회사 전체에는 일 년에 5억 달러의 지출을 줄이는 놀라운 결과를 가져왔다.

청년 록펠러는 이로써 세계 석유대왕이 되는 첫걸음을 내디뎠다.

일본 맥도날드 이야기

통계 자료에 따르면 현재 일본에는 1만4000여 개의 맥도날드 매장이 있다. 연간 매출액이 50억 달러에 이르는 이 '제국'의 주인은 후지타 덴藤田田이라는 일본인이다.

후지타 사장은 1965년 일본 와세다早稻田 대학 경제학과를 졸업한 후 한 전자제품 회사에서 일했다.

1971년 그는 자기 사업을 하기로 결심하고 맥도날드를 경영하게 되었다. 세계적인 패스트푸드 업체인 맥도날드는 특허받은 체인 경영 방식을 채택하고 있었다. 그래서 그 경영 자격을 얻기 위해서는 상당한 재력과 조건을 갖추어야 했다.

당시 학교를 졸업한 지 몇 년 되지 않은 데다 사업을 위해 가족의 지원을 받을 수도 없는 처지였던 후지타는 맥도날드 본사에서 요구하는 75만 달러의 현금과 중간 규모 이상의 은행 신용 대출을 받을 수 있는 조건을 갖추지 못했다.

후지타는 가진 돈이라고는 5만 달러가 채 되지 않는 저축이 전부였지만 그는 미국의 패스트푸드 체인 문화가 일본에서 큰 성공을 거둘 것이라 확신했다. 이에 어떤 대가를 치르더라도 일본에서 맥도날드 사업을 열기로 결심한 후지타는 돈을 융통하기 위해 온갖 방법을 동원했다.

하지만 일은 뜻대로 되어 주지 않아 다섯 달이 지나도록 4만 달러를 빌린 것이 다였다. 막대한 자금 문제 앞에서 보통 사람들은 의욕을 잃고 포기하기 마련이다.

그러나 후지타는 달랐다.

"가난한 것은 능력이 없어서이며, 천한 것은 의지가 부족하기 때문이다. 세상에서 가장 쉬운 것이 포기이고, 가장 어려운 것이 끝까지 해 보는 것이다."

이것이 후지타의 인생 신조였다.

가난한 집에서 태어난 후지타는 아버지가 일러 주신 이 말씀을 몸소 체험하고 이해하며 자라왔다. 전쟁이 끝난 폐허 속에서 성장한 당시 일본 젊은이들의 마음은 매우 혼란스러웠다.

고통, 치욕, 근심, 분노와 강해지고자 하는 의지……, 짧은 시간 안에 일본이 일어설 수 있었던 이유는 그 굳은 의지에서 나온 것이었다.

후지타도 그 대표적 인물 가운데 한 사람이었다.

봄비가 내리던 날 아침 양복을 말끔하게 차려입은 그가 자신감에 가득 찬 모습으로 한 은행 총재의 사무실에 들어갔다. 후지타는 진지한 태도로 상대방에게 자신의 창업계획을 설명하고 도움을 요청했다. 그의 설명을 들은 은행 총재가 말했다.

"내게 생각할 시간을 주시오. 일단 돌아가서 기다리십시오."

그에게 실망감이 스쳐갔다. 총재의 말은 예의를 갖춘 거절이라고 생각했기 때문이었다. 그는 마음속에 준비해 둔 말을 이어나갔다.

"제가 모은 5만 달러에 관한 이야기를 해 드려도 되겠습니까?"

총재는 가볍게 대답했다.

"그러시죠."

"그것은 제가 6년 동안 다달이 저축한 결과입니다."

후지타는 말했다.

"6년 동안 저는 매월 급여의 3분의 1을 저축해 왔습니다. 어떤 상황에서도 빠뜨려 본 적이 없습니다. 6년 동안 너무 쪼들려

난처했던 상황도 수차례 있었습니다만 저는 이를 악물고 버텨 왔습니다. 때로는 예상치 못한 일로 돈을 써야 했지만 그런 때에도 저축은 지켰습니다. 얼굴에 철판을 깔고 사방에서 돈을 빌려서라도 말이죠. 그렇게 저축을 늘렸습니다. 어쩔 수 없는 일이었지요. 저는 그렇게 할 수밖에 없었습니다. 왜냐하면 제가 대학문을 나서는 그 순간 품은 뜻이 있었기 때문입니다. 10년 동안 10만 달러를 모은 후 사업을 시작하고 출세하겠다는 것이 바로 그것입니다. 지금 기회가 왔습니다. 저는 사업을 좀 앞당겨 시작해서……."

이야기를 듣는 총재의 표정이 점점 진지해졌다. 후지타에게 저축을 해 온 은행의 위치를 묻고는 이렇게 말했다.

"좋습니다. 젊은 양반, 오후에 바로 답변을 드리지요."

후지타를 배웅한 후 총재는 직접 후지타가 말한 은행을 찾아가 후지타의 저축 상황을 알아보았다. 그는 은행 직원으로부터 이런 말을 들을 수 있었다.

"후지타씨 말씀이시군요. 그분은 제가 본 사람들 중에 가장 예의바르고 끈기 있는 젊은이요. 6년 동안 그는 비가 오나 눈이 오나 정확한 시간에 저축을 하러 왔답니다. 솔직히 말씀드리자면 이렇게 빈틈없는 사람은 정말 처음이에요. 두 손 두 발 다 들었습니다."

은행 직원의 말을 듣고 총재는 크게 감동했다. 그는 곧바로 후지타에게 전화를 걸어 어떤 조건도 없이 사업자금을 빌려 주겠다고 알렸다.

후지타가 물었다.

"어떻게 저를 믿어 볼 결정을 하셨는지 여쭈어 봐도 되겠습니까?"

총재는 감격스러운 듯 대답했다.

"나는 올해 쉰여덟 살이 되었습니다. 2년 후면 퇴직이지요. 나이로 말하자면 내가 당신 나이의 두 배입니다. 수입으로 말하자면 당신의 서른 배입니다. 그러나 오늘날까지 내가 저축해 온 돈은 당신보다 많지 않습니다. 씀씀이가 크기 때문이지요. 이 말만 하겠습니다. 나는 정말 당신에게 감탄했습니다. 내가 보장하지요. 당신은 성공할 것입니다. 젊은이! 잘 해 보시오."

'당신이 포기하지 않으면 결코 실패하지 않을 것이다.'

후지타의 고집과 의지야말로 이 말을 가장 잘 증명해준다. 자신의 목표에 도달하기 위해 끊임없이 노력하는 것은 지루하고 고통스러운 과정이다. 이 과정 속에는 넘기 어려워 보이는 장애물도 있고, 포기할 만한 수많은 이유들도 있다. 우리는 포기할 때마다 실패의 쓴 열매를 삼킬 수밖에 없다.

그러나 포기하지 않는다면 결국에는 희망이 보이고 방법이 보이고 우리를 기다리고 있는 성공이 보인다.

3장

희망

사람은 누구나 자기만의 특기가 있는 것이란다.
너도 마찬가지야.
언젠가는 너도 너만의 특기를 발휘하게 될 날이 올 거야.

지능이 낮은 아이

지능검사 결과를 믿는 것이 나쁘다고 말할 수는 없지만 어떤 이들은 지능검사를 지나치게 중시하는 경향이 있다. 인간이 가진 재능은 너무나 다양한데 어찌 지능검사 하나로 판단할 수 있겠는가? 비록 당신의 지능검사 점수가 좋지 않다 하더라도 다른 방면에서는 당신만의 독특한 창의력이 빛을 발할 수 있다.

캐나다에 사는 소년 자니 마빈Johnny Marvin은 목수인 아버지와 가정주부인 어머니 사이에서 태어났다. 자니의 부모는 아들을 대학에 보내기 위해 근검절약하며 조금씩 돈을 모았다.

자니가 고등학교 2학년 때, 하루는 상담 교사가 자니를 사무실로 불렀다.

"자니, 난 너의 모든 학과 성적을 살펴보았단다. 너에 관한 자료들을 자세히 검토했어."

"저는 정말 열심히 했어요."

자니가 변명하듯 말했다.

"문제는 바로 그거야. 너는 정말 열심히 해 왔어. 하지만 결과는 그다지 좋지 않구나. 아무래도 고등학교 과정이 너에게는 무리인 것 같아. 계속 공부하더라도 대학에 갈 수는 없을 것 같구나."

자니는 괴로운 듯 두 손으로 얼굴을 감쌌다.

"그럼, 저희 부모님이 크게 실망하실 거예요. 부모님은 제가 대학에 진학하기만 바라고 계시거든요."

상담 교사는 자니의 어깨에 손을 얹고 차분하게 말을 이어 나갔다.

"인간의 재능은 정말 다양하단다. 자니! 엔지니어는 악보를 볼 줄 몰라도 되지. 구구단을 못 외우는 화가도 있어. 사람은 누구나 자기만의 특기가 있는 것이란다. 너도 마찬가지야. 언젠가는 너도 너만의 특기를 발휘하게 될 거야. 그때에는 너의 부모님도 너를 매우 자랑스러워하실걸."

자니는 이날 이후 학교에 가지 않았다.

당시 마을에서는 제대로 된 일자리를 찾기가 어려웠기 때문에 자니는 이웃들의 정원을 가꾸어 주는 아르바이트를 하게 되었다. 오래지 않아 사람들은 이 소년의 손재주를 눈여겨보기 시작했고, 자니는 곧 정원의 '가위손'으로 불리게 되었다. 그가 손질한 화초들이 너무나 아름다웠기 때문이었다.

아마도 기회란 이런 경우를 말하는 것 같다. 하루는 자니가 시내에 나갔다가 우연히 시청 뒤로 펼쳐진 정원에 가게 되었다. 그곳에서 또 우연히 한 시청 관리와 마주치게 되었다. 자니는 벌레 먹은 나무들과 쓰레기로 가득한 정원을 보고 관리에게 물었다.

"아저씨, 제가 이 쓰레기장을 아름다운 화원으로 바꿔놓을 수 있도록 허락해 주시겠어요?"

"우리에게는 그럴 만한 예산이 없단다."

관리가 대답했다.

"돈은 필요 없어요. 제가 하는 대로 내버려 두시면 돼요."

관리는 돈이 필요 없다는 자니의 말에 의아해하면서도 그를 사무실로 데리고 갔다.

자니는 시청의 큰 문에 들어서면서 따스한 봄바람이 불어오는 것을 느꼈다. 오랫동안 방치되어 온 시청 정원을 관리할 특권을 얻었다.

그날 오후 자니는 몇 가지 도구와 씨앗, 비료를 챙겨 왔다. 한 친절한 이웃이 그에게 묘목 몇 그루를 주었다. 어떤 이웃은 자신의 정원에서 장미를 꺾어가도 좋다고 허락해 주었다. 어떤 이는 울타리를 만들 재료를 주었다. 자니의 소식이 시내에서 가장 큰 가구 공장까지 전해졌다. 공장 주인은 자니에게 공원용 벤치를 공짜로 주겠다고 약속했다.

얼마 후 쓰레기로 가득했던 시청 정원은 아름다운 공원으로 바뀌었다. 파릇파릇한 잔디와 구불구불 이어진 오솔길은 지나던 사람들의 발길을 이끌었다. 사람들은 벤치에 앉아 새가 지저귀는 소리를 들을 수 있었다. 자니가 새들에게 집을 지어주는 것을 잊지 않은 덕분이었다. 사람들 모두가 한 소년이 해 놓은 대단한 일에 대해 이야기했다. 사람들은 공원으로 변한 시청 정원을 통해 자니 마빈의 재능을 보았고, 그가 타고난 조경가임을 인정했다.

이는 이미 25년 전의 일이다. 오늘날 자니 마빈은 전국에서 가장 유명한 조경가가 되었다.

물론 그는 지금까지도 프랑스어와 라틴어를 깨우치지 못했고, 미적분이 무엇인지도 모른다. 그러나 색채와 원예에 대한 감각은 누구보다 뛰어나다. 그의 부모는 아들을 매우 자랑스러워하게 되었다. 그것은 아들이 사업에 성공했기 때문만은 아니다.

자니가 사람들에게 편안하고 아름다운 공간을 만들어 줄 수 있
는 사람이기 때문이다. 그의 손길이 닿는 곳은 어디든 아름다운
낙원이 된다.

정치가의 신용

영국의 유명 정치인 찰스 제임스 폭스Charles James Fox, 1749~1806는 성실함과 신용을 바탕으로 후세에 이르기까지 높이 평가받는 인물이다.

그가 정치인으로 활동하던 시기 정계에는 속임수만이 난무했고 대중들은 정치를 거짓의 상징으로, 정치가를 직업적인 사기꾼쯤으로 여겼다.

폭스가 한 대학의 초청으로 강연을 하게 되었는데, 학생들은 그에게 다음과 같은 직설적인 질문을 던졌다.

"폭스 선생님도 정치가의 길을 걸어오면서 거짓말을 한 적이 있겠지요?"

폭스는 잠깐의 머뭇거림도 없이 대답했다.

"아니오. 거짓말한 적 없습니다."

학생들은 웅성대기 시작했고, 코웃음을 치는 이도 있었다. 모든 정치가들이 그와 같은 대답을 하기 때문이었다. 어떤 정치가는 거짓말을 해 본 적이 없다며 맹세를 한 적도 있었다.

이러한 학생들의 반응에도 폭스는 결코 화를 내지 않았다.

"학생 여러분, 오늘날의 정치 현실에서 내 자신이 성실한 사람이라는 것을 증명하기는 아마 어려울 것입니다. 하지만 여러분은 이 세상에 아직 '성실'이 존재하며, 그것은 영원히 우리 곁에 있다는 것을 믿어야 합니다. 내가 옛날이야기를 하나 하겠습니다. 여러분은 이 이야기를 듣더라도 곧 잊어버리겠지만 나에게는 매우 의미 있는 이야기입니다."

한 아버지가 있었습니다. 어느 날 그는 정원에 있는 낡은 오두막을 허물어야겠다고 생각했습니다. 그래서 오두막을 허물 일꾼들을 불렀지요. 그런데 이 일에 흥미를 느낀 그의 어린 아들이 아버지에게 부탁을 했습니다.

"아버지, 저는 저 낡은 오두막을 어떻게 허무는지 꼭 보고 싶어요. 제가 학교에서 돌아온 후에 작업을 시작하게 하면 안 될까요?"

아버지는 아들의 부탁을 들어주기로 약속했습니다. 그러나 아들이 학교에 간 후 도착한 일꾼들은 곧 오두막을 허물어 버리고 말았습니다.

아들은 집에 돌아와 정원의 낡은 오두막이 이미 사라진 것을 보고는 낙담하며 아버지에게 말했습니다.

"아버지, 제게 거짓말을 하셨군요."

영문을 모른 채 자신을 바라보는 아버지에게 아들은 말을 이어 갔습니다.

"제가 돌아온 후에 오두막을 허물겠다고 약속하셨잖아요."

뒤늦게 상황을 파악한 아버지가 말했습니다.

"아들아, 내가 잘못했구나. 약속은 반드시 지켜야 하는 것인데 말이다."

아버지는 서둘러 일꾼들을 다시 불러 정원에 있던 낡은 오두막 자리에 같은 모양의 오두막을 짓게 했습니다.

오두막이 완성된 후, 그는 아들 앞에서 일꾼들에게 지시를 내렸습니다.

"자, 이제부터 이 오두막을 허물어 주시오."

폭스는 말했습니다.

"나는 이 아버지와 아들을 알고 있습니다. 이 아버지는 부자가 아니었지만 어린 아들과의 약속을 지키기 위해 최선을 다했습니다. 이 사건으로 그의 아들은 누구보다 성실한 사람으로 자랄 수 있었고 오늘날까지 자신이 한 약속은 반드시 지키며 살아오고 있습니다."

학생들이 물었다.

"그 훌륭한 아버지의 성함이 무엇입니까? 우리도 그를 만나보고 싶습니다."

"그는 이미 세상을 떠났습니다. 다만 그의 아들은 아직 살아 있지요."

"그렇다면 그 아들은 어디에 있습니까? 그는 분명 매우 성실한 사람일 것입니다."

학생들의 물음에 폭스는 담담하게 대답했다.

"그 아들은 지금 여러분 앞에 서 있습니다. 제가 말씀 드리고 싶은 것은 단 한 가지입니다. 저는 제 아버지처럼 자기가 한 약속은 반드시 지키면서 사는 사람으로 살고자 합니다."

그때 강단 아래에서 우레와 같은 박수소리가 터져 나왔다.

총리의 어머니

태국의 전 총리 추안 릭파이 Chuan Leekpai
의 어머니는 길거리에서 음식을 파는 노점상이었다. 그녀는 고
령의 나이에도 불구하고 매일 시장에 나가 두부나 떡과 같은 것
들을 파는 생활을 멈추지 않았다.

"아들이 총리가 된 것은 아들이 잘났기 때문이지요. 내가 노
점을 하는 것이랑은 아무 상관이 없어요. 나는 부끄럽다고 생각
하지 않아요. 이곳에서 장사를 하는 것에 매우 만족합니다. 언제
든지 친구들도 볼 수 있으니까요."

그녀가 가장 기뻐하는 일은 퇴근하고 돌아온 아들이 자신이
만든 두부를 맛있게 먹는 모습을 보는 것이라고 한다.

추안 릭파이가 말했다.

"어머니가 저에게 주신 가장 큰 가르침은 성실함입니다. 제 어머니는 제대로 된 교육을 받지 못하셨지만 매우 훌륭한 품성을 지니셨어요. 제가 어렸을 때부터 어머니는 이런 말씀을 해주셨어요. '성실하지 못한 사람과 사귀려는 사람은 없다.'"

태국의 언론매체에서는 총리의 어머니를 이렇게 칭찬했다.

"평민계층의 평범한 어머니가 성실함과 정직함으로 사람들의 존경을 한 몸에 받는 총리를 키워냈다."

그녀는 기자 앞에서 이렇게 말했다고 한다.

"사실 저는 한 일이 없습니다. 아들이 어렸을 때 사람으로서 지켜야 할 성실함과 근면함, 겸손함을 가르쳤을 뿐입니다. 그 아이를 욕하거나 때려 본 적이 없습니다만 그 아이 때문에 실망해 본 기억도 없군요."

함부로 무릎을 꿇어서는 안 된다

베이징의 한 명문 고등학교에 박사 출신의 젊은 교사가 있었다. 기자가 그에게 성공의 비결을 묻자 그는 어머니 이야기를 꺼냈다.

나의 어머니는 내가 일곱 살 때 돌아가셨습니다. 새어머니가 우리 집에 오신 것은 내가 열한 살 때의 일이지요. 처음에 난 그녀를 좋아하지 않았습니다. 2년이 넘는 시간 동안 '어머니'라고 불러 본 적도 없었지요. 그 일 때문에 아버지는 나를 때리기도 하셨습니다. 하지만 내 마음속엔 반항심만 더 커졌습니다. 내가 처음으로 그녀를 '어머니'라고 부른 것은 그녀가 처음이자 마지막으로 나를 때린 날이었습니다. 그날 나는 이웃집 정원에 있는 포도를 몰래 따다가 주인에게 붙잡혔습니다. 집 주인은 털보라는 별명을 가진 사람이었는데 나는 평소에도 그를 매우 두려워했습니다. 그의 눈앞에서 잘못을 저지르다 잡혔으니 난 너무나 무서워서 온몸이 떨려 왔습니다. 털보 아저씨가 말했습니다.

"너를 때리거나 욕하지는 않겠다. 대신 내 앞에서 무릎을 꿇어라. 네 부모가 너를 데리러 올 때까지 말이다."

막상 무릎을 꿇으라는 말을 들으니 나는 화가 났습니다.

털보 아저씨는 내가 아무런 반응도 보이지 않자 소리쳤습니다.

"무릎을 꿇지 않겠다는 것이냐?"

그의 위협에 나는 하는 수 없이 꿇어 앉았습니다. 공교롭게도 새어머니가 나의 이런 모습을 보셨습니다. 새어머니는 한걸음에 달려와 나를 일으키시고는 털보 아저씨에게 욕을 해 대는 것이었습니다.

"이 짐승만도 못한 털보 녀석 같으니라고."

새어머니는 평소에 말수가 적은 내성적인 분이셨습니다. 그런 그녀가 이렇게 화를 내자 털보 아저씨도 어찌 할 바를 몰라 했습니다. 나 역시도 새어머니의 이런 모습은 처음이었죠.

집으로 돌아온 후, 새어머니는 회초리를 들어 내 엉덩이를 때리셨습니다. 때리면서 이렇게 말씀하셨습니다.

"네가 포도를 훔쳤다고 해서 때리는 것이 아니다. 네 나이 때 장난이 심한 것은 당연한 일이니까. 하지만 다른 사람이 무릎을 꿇게 한다고 정말로 무릎을 꿇었느냐? 남자는 함부로 무릎을 꿇어서는 안 된다. 결코 그래서는 안 되는 거야! 나약한 사내가 어떻게 훌륭한 일을 할 수 있겠니?"

새어머니는 눈물을 흘리셨습니다. 그때 나는 열세 살의 소년이었지만 새어머니의 말씀은 내 마음속 깊이 박혔습니다. 나는 그녀의 어깨를 감싸안고 울며 말했습니다.

"어머니, 다시는 그러지 않을게요."

이 얘기는 내 기억의 일부일 뿐이지만 나이가 들면서 점차 내 삶의 주제가 되었습니다.

'함부로 무릎을 꿇어서는 안 된다.'

어머니의 말씀처럼 사람은 스스로 자신의 존엄과 신념을 지킬 줄 알아야 합니다.

집으로 가는 길

미국의 베스트셀러 작가 잭슨 파울로 카스는 그의 인생에서 잊을 수 없는 한 사건을 이렇게 기억하고 있다.

나는 스페인 남부에서 태어났습니다. 열여섯 살 때였을 겁니다. 하루는 아버지가 외출을 하시면서 나에게 차를 몰고 함께 가자고 하셨습니다. 당시 갓 운전을 배운 터라 평소에 운전을 해볼 기회가 거의 없었던 나는 조금의 망설임도 없이 아버지를 따라 나섰습니다. 대략 30킬로미터 정도 되는 거리였습니다. 가는 길에 근처의 한 주유소에 들러 기름도 넣었습니다. 나는 아버지를 목적지까지 모셔다 드리고 오후 4시에 다시 만나기로 약속을 했습니다. 나는 다시 주유소로 가 차를 세워두었습니다. 오후 4시가 되려면 시간이 꽤 많이 남아 있었기 때문에 나는 주유소 부근에 있는 영화관에 가서 영화를 보기로 결정했습니다. 영화관에 간 나는 그만 영화 속의 줄거리에 빠져들어 시간이 가는 줄도 몰랐습니다. 마지막 한편까지 다 보고 시계를 보았을 때는 이미 오후 6시였습니다.

무려 두 시간이나 늦은 것입니다.

화가 나신 아버지가 다시는 나에게 운전을 맡기지 않으실 것을 걱정한 나는 아버지에게 차가 고장이 나는 바람에 수리를 하느라 늦었다고 말씀드리기로 마음먹었습니다.

차를 가지고 아버지와 약속한 장소로 가보니 아버지는 길모퉁이에 앉아 나를 기다리고 계셨습니다. 나는 먼저 늦게 온 사실에 대해 용서를 구하고, 차가 고장이 났다고 말씀드렸습니다. 그 순간 나를 바라보시던 아버지의 눈빛은 평생 잊을 수 없을 것입니다.

"네가 나에게 거짓말을 하다니, 너무 실망스럽구나."

"무슨 말씀이세요? 제가 말씀드린 건 다 사실이에요."

아버지는 다시 나를 바라보시며 말씀하셨습니다.

"약속한 시간이 되어도 네가 오지 안길래, 나는 주유소에 전화를 걸어 무슨 문제가 생긴 건 아닌지 물어보았다. 주유소에서는 네가 차를 가지러 오지 않는다고 말해주더구나. 차는 처음부터 아무 문제가 없었다. 그렇지?"

순간 나는 부끄러워 고개를 들 수가 없었고, 하는 수 없이 영화를 보러 갔다가 약속에 늦게 된 사실을 인정해야 했습니다.

내 이야기를 듣고 계시던 아버지의 얼굴은 슬픈 기색이 역력했습니다.

"내가 정말 화가 나는 것은 네가 아니라 나 자신 때문이다. 나는 아버지로서 실패한 사람이구나. 내 아들이 나에게 거짓말을 해야겠다고 생각했다는 사실 자체가 너무 괴롭다. 너를 아버지에게조차 거짓말을 하는 아들로 키우다니 모두 내 잘못이다. 나에게 반성의 시간이 필요한 것 같다. 오늘 걸어서 집에 가련다."

"하지만 아버지, 집까지는 30킬로미터나 되는걸요. 날도 어두워졌는데 어떻게 걸어간다는 말씀이세요."

내가 아무리 용서를 빌고, 다시는 그러지 않겠노라 다짐을 하여도 모두가 헛수고였다. 나는 묵묵히 어둠 속을 걷는 아버지의 뒷모습을 보면서 내 인생에서 가장 괴로운 시간을 보내야 했다.

나는 차를 타고 아버지를 뒤따르면서 어서 아버지의 화가 풀리시기만을 기다렸다. 계속해서 잘못했다고 말씀드렸지만 아버지는 아무 대꾸도 하지 않으셨다. 장장 30킬로미터나 되는 거리를 나는 그렇게 아버지를 따라 시속 5킬로미터로 운전했다.

  몸과 마음 모두 괴로워하는 아버지를 보는 것은 내가 겪어본 일 중에 가장 힘든 것이었다. 하지만 그날의 기억은 내 인생에서 가장 중요한 가르침이 되었다.

낚시

열한 살 때 뉴햄프셔New Hampshire에 있
는 호숫가 별장으로 휴가를 간 적이 있었다. 그곳은 주변이 조용
하고 아름다워 낚시하기에도 안성맞춤인 장소였다.

농어 축제가 시작되기 하루 전날 밤, 나는 아버지와 함께 밤
낚시를 갔다. 뉴햄프셔에서는 농어 축제 기간에만 농어를 잡는
것이 허락되었다. 자리를 잡고 낚싯대를 드리운 채, 잠시 달빛에
취해 있던 나는 문득 낚싯대가 묵직해져 오는 것을 느꼈다. 아버
지는 나를 진정시키시고는 내가 천천히 낚싯줄을 당기는 모습을
지켜보셨다. 나는 조심스럽게 내 낚싯대를 문 녀석을 수면 밖으
로 끌어올렸다. 그것은 우리가 한 번도 보지 못했던 어마어마하

게 큰 농어였다.

아버지는 불을 밝히고 시계를 보셨다.

"10시구나. 농어 축제가 시작되려면 아직 두 시간이 남았다."

농어와 나를 번갈아 보시던 아버지가 말씀하셨다.

"애야, 그 농어를 놓아주어야겠구나."

"아버지……!"

나는 서운한 마음에 큰소리로 울기 시작했다.

"이곳엔 다른 물고기도 많단다."

"그렇지만 이것처럼 크지는 않을 거예요."

나는 계속해서 울며 대꾸했다.

달이 호수 위를 밝게 비추고 있었지만 주위에 다른 사람이나 배는 보이지 않았다. 나는 울음을 멈추고 애원하는 눈빛으로 아버지를 바라보았다.

아버지는 아무 말씀도 없으셨다. 이는 분명히 아버지의 뜻에는 변함이 없다는 의미였다. 나는 농어를 놓아줄 수밖에 없었다. 내가 힘들여 잡은 그 큰 농어가 물 속으로 천천히 사라졌다. 다시는 그렇게 큰 농어를 잡을 수 없을지도 모른다는 생각에 나는 너무나 괴로웠다.

이미 23년이나 지난 일이다. 지금 나는 뉴욕에서 꽤 많은 실적을 쌓은 건축가이다. 그 동안 23년 전에 잡은 것만큼 큰 농어는 다시 보지 못했다. 그때 아버지가 나에게 놓아주게 한 것은 물고기 한 마리에 불과했지만 나는 그 일을 통해 자제력을 배웠다. 아버지의 말씀에 따름으로써 떳떳한 삶의 첫걸음을 내디딘 셈이다. 그런 일이 있었기에 나는 삶 속에서 내 자신을 다스리는 데 매우 엄격한 사람이 될 수 있었다. 건축 설계에 있어서도 나는 부당한 이득을 거절한다. 친한 친구들이 주식시장의 내부 사정이나 승산에 대해 알려 줄 때에도 나는 정중히 사절한다. 정직은 내 삶의 신조가 되었으며, 내 아이들을 교육하는 데도 가장 기본이 되었다.

"얘야, 놓아주어라!"

그 당시엔 너무도 무정하게 들렸던 그 말이 지금은 내 가슴을 따뜻하게 해주고 있다.

모든 것은 하느님이 당신에게 준 선물입니다

이린 에이겐은 사랑의 선교회에서 테레사 수녀Mother Teresa, 1910~1997와 30여 년을 함께 했다. 그녀는 자신의 책 속에 테레사 수녀가 삶을 대하는 태도에 대하여 기술했다.

하루는 미사를 마치고 테레사 수녀님과 함께 인간 세상의 많은 고난과 좌절에 대해 이야기를 나누었습니다. 그녀는 이렇게 말했습니다.

"사실, 세상의 어려운 고난들이 언제 줄어든 적이 있습니까? 그저 우리가 그것을 하느님이 주신 선물이라고 여긴다면 우리의 삶은 훨씬 즐거워질 것입니다."

얼마 후 나는 테레사 수녀님과 뉴욕에 가기 위해 비행기를 타게 되었습니다. 하지만 비행기가 이륙 직전에 고장을 일으켜 멈추고 말았습니다.

나는 너무나 실망스러웠지만 테레사 수녀님이 하셨던 말씀을 떠올리고는 이렇게 말했습니다.

"수녀님, 오늘 우리는 작은 선물을 받았네요. 아무래도 이곳에서 네 시간은 기다려야 할 것 같은데, 제 시간에 도착할 수 없겠죠."

테레사 수녀님은 미소를 지으며 나를 바라보셨습니다. 그리고는 편안하게 자리에 앉아 책을 꺼내어 읽기 시작했습니다. 그날 이후로 나는 삶 속에서 좌절하게 될 때마다 이렇게 표현하게 되었습니다.

"오늘 우리는 또 선물을 하나 받았군요."

"음, 이건 정말 특별한 선물이네요."

그런데 이런 말들이 신기한 효과를 가져왔습니다. 지친 마음을 밝게 해주고, 알 수 없는 번뇌도 사라지게 해주었습니다. 사람들의 얼굴에 자꾸 미소가 떠오르기도 했습니다.

뜻밖의 '선물'을 받게 되었을 때, 화를 내거나 괴로워하는 것은 아무 소용이 없습니다. 자신이 할 수 있는 일을 하면서 문제

를 해결해 가는 것이 중요합니다. '선물'이 당신의 삶을 망치도
록 내버려 두어서는 안 됩니다.

천국에서 온 편지

영화배우 제임스 우즈James Woods는 오늘날의 성공이 모두 아버지의 공로라고 말한다. 그는 자신의 아버지를 무덤 속에서도 자식들을 걱정하고 보살피는 분이라고 소개했다.

나의 아버지는 평생을 군에서 근무하셨다. 어린 시절 대공황기를 겪으셨던 부모님은 자신들이 어린 시절 갈망했지만 가질 수 없었던 것들을 내가 가질 수 있게 해주려 노력하셨다.

여덟 살 때, 나는 크리스마스 선물로 축음기를 받고 싶었다. 하지만 나는 아버지의 월급이 많지 않아서 나를 위해 축음기를 사주실 여윳돈이 없다는 사실을 너무나 잘 알고 있었다. 그런데 아버지는 군수처에서 일자리를 얻어 매일 점심시간을 이용해 아르바이트를 하셨다. 아버지는 자존심도 버리고 부하들이 보는 앞에서 시간당 1달러짜리 일을 25일 동안이나 하셨다. 모두가 나에게 축음기를 사주시기 위해서였다.

일 년 후 아버지가 심장수술을 받으셨는데 수혈받은 혈액이 잘못되어 거부반응이 일어나고 말았다. 마지막 5일 동안 아버지는 자신의 생이 얼마 남지 않았음을 알고 계셨다. 아버지는 돌아가시기 직전에 이제 겨우 세 살이 된 내 동생에게 전화를 하셨다. 동생에게 자신이 이미 죽어서 천국에 있다고 말씀하셨다.

"하느님이 너에게 전화를 할 수 있게 해주셨단다. 우리가 인사를 할 수 있게 말이야. 두려워하거나 슬퍼하지 말거라. 아빠는 이곳에서 잘 있으니까. 늘 너희들이 그리울 거야."

아버지는 내게 편지를 남기셨는데 편지에는 내 학교 성적이 우수하여 매우 자랑스러웠다는 내용과 언젠가 내가 메사추세츠 공과대학MIT에 진학하기를 바란다는 내용이 적혀 있었다. 나는 이후에 정말로 메사추세츠 공과대학에 진학했다. 편지에는 또 이런 내용도 있었다.

"네가 무슨 일을 하든지 최선을 다한다면 반드시 성공할 것이라 믿는다."

내가 학교에서 주최하는 우등생 오찬회에 참석했던 그날, 어머니는 아버지의 이 마지막 편지를 내게 주셨다. 그날은 내게 평생 잊을 수 없는 날이 되었다. 당시 나는 아버지가 얼마나 비통한 마음으로 이 편지를 쓰셨을지 알지 못했다. 아버지는 어머니의 품 안에서 세상을 떠나시는 순간에 마지막으로 이렇게 말씀하셨다고 한다.

"지미가 기쁜 마음으로 우등생 오찬회를 즐길 수 있도록 아이가 돌아온 후에 내 소식을 알리도록 해요."

어머니와 아버지는 딱 한번 다투신 적이 있었는데 그것은 돈에 관한 문제 때문이었다. 아버지는 우리를 위해 집을 보장해 주는 보험에 들고자 하셨다. 그리고 어머니께 이렇게 말씀하셨다.

"이것은 없어서는 안 될 투자요. 만일 나에게 무슨 일이 생기더라도 당신과 아이들은 이 집을 지킬 수 있게 될 거요."

"하지만 우리에게는 보험에 들 돈이 없어요."

어머니가 말씀하셨다.

6개월 후 아버지는 세상을 떠나셨다. 어머니는 우리 가족이 곧 쫓겨날 것이라고 생각하셨지만 3주 후 보험회사의 직원이 찾아왔고, 우리는 계속 우리 집에서 살 수 있었다. 아버지는 돌아가시기 전에 몰래 돈을 모아 보험에 가입하셨다. 지금 그는 조용히 무덤에 누워 있지만 전과 다름없이 우리를 걱정하고 보살피고 계신다.

나는 늘 아버지의 말씀을 떠올린다.

"남자로 태어나 존경받는 사람이 되려면 반드시 자기의 책임을 다해야 한다."

아버지는 자신의 삶을 통해 몸소 이 말의 의미를 보여 주셨다. 아버지의 이 말씀은 이제 내 인생의 철칙이 되었다.

뭐라고 했어요? 못 들었어요

미국 최고 법원의 여성 대법관 루스 베이더 긴스버그Ruth Bader Ginsburg는 남자 친구를 고르는 기준도 매우 독특했다.

"그는 내가 사귀어 본 모든 남자들 중에서 유일하게 나의 지혜를 사랑한 남자입니다."

4년의 연애 끝에 결혼을 하게 된 루스는 결혼식 날 아침 방에서 마지막 준비를 하고 있었다. 그때 남자친구의 어머니가 들어와 루스의 손에 무엇인가를 쥐어 주었다. 그러고는 루스를 바라보며 전에 없던 진지한 태도로 말씀하셨다.

"나는 지금 너에게 오늘 이후 가장 유용하게 쓰일 충고를 하려고 한다. 그러니 반드시 기억하도록 해라. 아무리 행복한 결혼 생활이라 하더라도 때로는 못 들은 척해야 할 말들이 있는 법이란다."

남자 친구의 어머니가 루스의 손에 쥐어 준 것은 한 쌍의 고무 귀마개였다. 루스는 당황스러웠다. 오늘 같은 날 귀마개를 주시는 것이 무슨 의미인지 정말 알 수가 없었다. 하지만 오래지 않아 그녀는 남편과 처음으로 다투게 되었고, 이때 그녀는 시어머니의 뜻을 알게 되었다.

"그것은 아주 간단한 것이었어요. 어머니는 자신의 경험을 바탕으로 나에게 알려주려 하신 거죠. 사람은 화가 나거나 다른 사람과 충돌하게 될 때, 깊이 생각해 보지 않은 말들을 내뱉게 되지요. 그런 때 가장 좋은 대응 방법은 바로 못 들은 척하는 거예요. 못 들은 셈 치면 똑같이 화를 내며 반격할 필요가 없잖아요."

루스는 시어머니의 충고를 결혼생활에만 한정시키지 않았다.

집에서는 이 방법으로 날카로운 지적을 해대는 남편과 화해했고, 자신의 결혼 생활을 지켰다. 직장에서는 이 방법으로 동료들의 과격한 원망을 피했고, 자신이 일하는 환경을 개선했다. 그녀는 분노, 원망, 질투와 같은 것들은 모두 무의미하다고 자신에게 경고했다. 그것들은 한 인간의 아름다움, 특히 한 여인의 아름다움을 빼앗을 뿐이었다. 사람은 누구나 남에게 상처를 주는 말을 할 수 있다. 이때 가장 좋은 대응은 잠시 자신의 귀를 막는 방법이다.

지금 뭐라고 했어요? 못 들었어요…….

선택해서 듣고 선택해서 말하고 선택해서 보면 많은 다툼의 싹을 초기에 잘라낼 수 있다.

4장

선택

우리에게는 목표가 있습니다.
하지만 목표까지 가는 길이 너무 멀고 험하여 중간에 포기하고 맙니다.
결국 성공의 희열도 누릴 수 없게 되는 것이지요.
하나의 큰 목표를 몇 개의 작은 목표로 나누어 보십시오.
그리고 하나씩 차근차근 실현시켜 가는 것입니다.

챔피언의 비밀 무기

1984년 도쿄국제마라톤대회에서 일본 선수 야마다 혼이치山田本一가 챔피언의 자리에 올랐다. 이전까지 이름도 들어보지 못했던 선수의 우승에 많은 사람들은 놀라움을 금치 못했다.

예상치 못한 다크호스의 출현에 기자들이 몰려들었다. 누군가 그에게 좋은 성적을 낼 수 있었던 비결을 물었다. 야마다 혼이치의 대답은 매우 간단했다.

"나는 머리로 달렸습니다."

그의 한 마디에 모두들 의아한 표정을 지었다. 마라톤은 선수들의 체력과 지구력을 겨루는 경기가 아니던가. 머리로 달렸다는 것이 도대체 무엇을 의미하는지 기자들은 묻고 싶은 것이 더욱 많아졌지만 야마다 혼이치는 이미 자리를 떠나고 없었다. 다음날 대부분의 신문들은 이 기사를 크게 다루지 않았다. 많은 기자들이 야마다 혼이치의 승리를 우연으로 단정지었기 때문이다.

그러나 1986년 이탈리아국제마라톤대회에서 야마다 혼이치는 또 한 번 세계 최고의 자리에 올랐다. 기자들은 2년 전과 똑같은 질문을 했고, 그는 똑같은 대답을 했다.

"나는 머리로 달렸습니다."

이번만큼은 기자들도 야마다 혼이치를 쉽게 놓아주지 않았다. 하지만 그들이 어떻게 묻든 야마다 혼이치의 대답은 한결같았다.

10년 후 은퇴한 야마다 혼이치가 자서전을 내면서 수수께끼가 풀렸다.

원래 그는 다른 마라톤 선수들과 다를 바 없는 평범한 선수였다. 출발선을 나서면 선수들의 목표는 40여 킬로미터 밖의 결승선에 걸린 깃발이었다. 길고 긴 거리를 달리면서 선수들의 흥분과 긴장은 점차 사라지고 말았다. 10킬로미터 정도를 달리고 나면 이미 지쳐서 자신도 모르게 속도가 늦추어지는 때도 있었다. 이런 이유로 야마다 혼이치는 늘 괴로워했다.

그러던 어느 날, 그는 잡지를 보다가 우연히 읽게 된 글에서 매우 깊은 인상을 받았다.

"우리에게는 목표가 있습니다. 하지만 목표까지 가는 길이 너무 멀고 험하여 중간에 포기하고 맙니다. 결국 성공의 희열도 누릴 수 없게 되는 것이지요. 하나의 큰 목표를 몇 개의 작은 목표로 나누어 보십시오. 그리고 하나씩 차근차근 실현시켜 가는 것입니다."

이 글은 인생의 도리를 이야기하는 것이었지만 그에게는 마치 마라톤의 비밀을 이야기해 주는 것처럼 느껴졌다. 그는 고심 끝에 좋은 방법을 생각해 냈다.

그날 이후 야마다 혼이치는 매번 대회 전에 차를 타고 대회 코스를 꼼꼼하게 둘러보았다. 코스를 따라 눈에 띄는 표지를 기억해 두는 것이었다. 예를 들어 첫 번째 표지는 은행, 두 번째 표지는 오래된 고목, 세 번째 표지는 빨간 벽돌 건물…… 그가 정한 표지는 이런 식으로 대회 결승점까지 이어졌다.

대회가 시작되면 그는 첫 번째 목표를 향해 온 힘을 다해 달렸다. 첫 번째 목표에 도달하면 다시 같은 속도로 두 번째 목표를 향해 달리는 것이었다. 그는 40여 킬로미터의 마라톤 코스를 이렇게 몇 개의 작은 목표들로 나누어 쉽게 완주에 성공했다.

야마다 혼이치의 성공이 우리에게 알려주는 것은 무엇인가? 사람들은 살아가면서 자신에게 거대한 목표를 설정해준다. 하지만 이 목표는 현실에서 아주 멀리 떨어져 있기도 하다. 우리는 목표에 다다르기 위해 노력하고 또 노력하지만……, 어느 정도 시간이 흐르고 나면 목표는 아직도 멀리 있음을 알게 된다. 주변을 둘러보면 피곤한 모습으로 무거운 발걸음을 옮기고 있는 이들을 쉽게 볼 수 있다. 이렇게 발걸음도 조금씩 느려지고, 때로는 길가의 경치에 눈을 빼앗기기도 하면서 우리는 결국 멈춰 서거나 방향을 잃는 경우가 많다. 원래의 목표는 어느새 가슴 깊은 곳에 묻힌 젊은 날의 꿈이 되고 만다.

큰 목표를 작은 목표들로 나누어 하루, 한 달, 일 년을 노력하고 성공하고 기뻐하면서 살다 보면 어느덧 결승점의 깃발에 다가서 있는 자신의 모습을 발견하게 된다.

게티의 담배

미국 석유 대왕 J. 폴 게티(Jeal Paul Getty, 1892~1976)는 자타가 공인하는 골초였다.

한번은 그가 프랑스로 휴가를 떠났는데 큰 비가 내렸다. 꽤 긴 시간을 운전하여 그가 다다른 곳은 어느 작은 도시의 모텔이었다. 피곤에 지친 그는 저녁을 먹자마자 곧 꿈나라로 향했다.

게티가 눈을 뜬 것은 새벽 두 시쯤이었다. 담배를 피우고 싶었던 그는 등을 켜고 침대 옆 테이블에 놓아둔 담배 상자로 손을 뻗었다. 뜻밖에도 담배 상자는 비어 있었다. 이부자리에서 일어나 입고 온 옷들의 주머니를 뒤져 보았지만 아무런 소득도 얻지 못했다. 무의식중에 남겨둔 담배가 있기를 간절히 바라며 가방을 샅샅이 뒤졌지만 결과는 실망뿐이었다. 여관의 식당이나 클럽도 문을 닫은 시간이었다. 그가 담배를 피울 수 있는 유일한 방법은 옷을 입고 밖에 나가 몇 블록 떨어져 있는 기차역까지 자동차로 가거나 아니면 걸어가서 사 오는 것뿐이었다. 그의 차가 모텔주차장에 있긴 했지만 다시 옷을 입고 나간다는 게 영 내키지 않았다. 밖에는 아직도 비가 세차게 쏟아지고 있었기 때문이었다.

담배를 피울 수 없는 상황에서 담배를 피우고 싶은 욕망은 더욱 커지기 마련이다. 애연가들은 누구나 이러한 경험이 있으리라. 게티는 잠옷을 벗고, 외출복으로 갈아입었다. 그러고는 우산을 챙기려다 갑자기 멈추었다.

그는 자신에게 물었다.

"내가 지금 뭘 하고 있는 거지?"

게티는 제자리에 선 채로 깊은 생각에 빠졌다. 한 사람의 지식인인 동시에 사회적으로 꽤 성공한 사업가로서 이성적인 판단을 통해 다른 사람에게 명령을 내리는 사람이, 한밤중에 폭우를 뚫고 몇 블록을 차를 몰고 가는 이유가 고작 담배 한 개비를 위해서란 말인가.

담배를 피우는 것이 도대체 얼마나 대단한 습관이라고 그 힘이 이리도 크단 말인가?

"어떤 습관을 가졌는지에 따라 그 사람의 인생이 바뀔 수 있다. 인간은 자기가 가진 습관의 노예이다."

게티의 가슴이 미친 듯이 뛰기 시작했다. 누가 한 말인지 기억할 수는 없지만 그것은 중요하지 않았다. 중요한 것은 자신이 지금 담배를 사러 나가느냐 마느냐 하는 것이었다.

"설마 내가 이 나쁜 습관의 노예가 되었단 말인가?"

이로울 것 하나 없는 담배를 앞으로도 계속 피울 것인가? 이렇게 작은 일조차 내 뜻대로 조절하지 못한다면 내가 가진 큰 이상과 포부는 어떻게 실현해 갈 것인가?

잠시 후 게티는 결심했다. 그는 빈 담뱃갑을 구겨 쓰레기통에 던져 넣었다. 다시 잠옷으로 갈아입은 그는 침대로 돌아가 승리의 기분을 만끽하며 꿈나라로 향했다.

이날 이후 J. 폴 게티는 두 번 다시 담배를 피우지 않았다. 물론 그의 사업은 점점 더 번창하여 그를 세계 최고의 부호 가운데 한 사람으로 만들어 주었다.

습관의 힘은 매우 크다. 다행히 좋은 습관을 길러왔다면 좋은 결과를 얻게 될 것이나 만에 하나 나쁜 습관에 빠져 있다면 자기도 모르는 사이에 스스로를 망치게 된다.

두 개의 의자

　　　　　　　　　　　세계 오페라의 거장 루치아노 파바로
티Luciano Pavarotti, 1935~2007는 사람들이 성공의 비결을 물을 때면
그의 아버지가 들려주었던 이야기를 꺼낸다.

파바로티가 사범학교를 졸업할 무렵 아버지에게 물었다.

"제가 선생님이 되어야 할까요, 오페라 가수가 되어야 할까
요?"

이는 파바로티에게 정말 어려운 문제였다. 그는 교육을 전공
했지만 노래하는 것을 훨씬 더 좋아했기 때문에 도대체 무엇을
선택해야 할지 쉽게 결정을 내리지 못했다. 사람들은 교사가 되
어서 취미로 노래를 계속하는 것이 어떻겠느냐고 말했지만 파바

로티는 내키지 않았다.

잠시 깊은 생각에 잠겼던 아버지가 말씀하셨다.

"네가 두 개의 의자에 앉으려 한다면 어느 하나에도 제대로 앉지 못해 의자 사이로 떨어지고 만다. 인생도 마찬가지다. 신중하게 생각해서 네가 앉을 하나의 의자를 선택해라."

깊이 고민하던 파바로티는 결국 오페라를 선택했고, 7년에 걸친 실패와 이에 굴하지 않는 노력으로 마침내 오페라 무대에 올랐다. 다시 7년이 흐른 후, 파바로티는 대도시의 오페라 극장 무대에 당당히 설 수 있었다.

인생은 때때로 우리를 선택의 기로에 서게 한다. 하지만 인생에는 리허설이 없다. 결단을 내리지 못하고 우물쭈물하는 것은 더더욱 허락되지 않는다. 우물쭈물하다가는 두 개의 의자 사이로 엉덩방아를 찧고 말 것이기 때문이다.

오늘을 살다

가난한 가정에서 태어난 에드워드 S. 에반스Edward S. Evans는 신문팔이로 시작해 잡화상의 점원 자리를 전전했다. 이후 한 도서관의 관리보조가 된 그는 적은 월급에도 일곱 식구를 부양하기 위해 일을 계속했다. 8년 후 에반스는 용기를 내어 자신의 사업을 시작했지만 무서운 악운이 그를 덮쳤다. 그가 보증을 서 준 친구의 파산으로 큰 손실을 보게 되었다. 이 사건의 충격에서 벗어나기도 전에 그의 모든 재산을 맡겨 둔 은행이 망했다는 소식이 들려왔고 그는 빈털터리 신세에 많은 빚까지 떠안게 되었다.

계속되는 불행에 에반스는 처참히 무너졌다. 그는 온몸에 힘이 빠져 혼자 걷기도 힘들 정도로 고통스러워했는데 의사도 병의 원인을 밝혀 내지 못했다. 어느 날 길가에 쓰러진 채 발견된 에반스는 다시 걸을 수 없었고, 의사는 앞으로 2주 정도밖에 더 살지 못 할 것이라는 진단을 내렸다. 에반스는 큰 충격을 받았지만 곧 유서를 쓰고, 침대에 누워 담담히 죽음을 기다렸다.

곧 죽을 것이라는 말에 모든 것을 포기하고 복잡한 생각들을 접자 그는 매우 홀가분해졌다. 이상하게도 2주가 지나고 몇 주가 훌쩍 지났으나 그는 죽지 않았고, 오히려 점차 몸 상태가 나아졌다. 침대에서 일어나 지팡이를 짚고 걷던 그는 두 달 후, 일을 해도 될 만큼 완쾌되었다.

에반스는 자신을 죽음의 문턱까지 데려갔던 것은 어제에 대한 고민과 내일에 대한 두려움 때문이었다는 것을 깨달았다. 그리고 자신을 다시 일으켜 세운 것은 마음의 평온이며, 이를 얻기 위해서는 오직 오늘에 충실해야 한다는 교훈을 얻었다.

그는 자신을 위한 좌우명을 정했다.

"과거의 일은 후회해도 소용없다. 내일 일어날 일을 두려워할 필요도 없다. 내가 살고 있는 오늘, 바로 이 순간에 최선을 다하자!"

다시 일어선 에드워드 에반스는 마치 다른 사람이 된 것 같았다. 그는 오늘 해야 할 일에 힘을 쏟고, 어제나 내일에 대해서는 생각하지 않으려 노력했고, 곧 재기에 성공하여 「에반스 프로덕션 주식회사」의 회장이 되었다. 이 회사는 수년간 미국 뉴욕증권거래소에서 상한가를 기록했다. 그린란드Greenland에 가면 그의 이름을 붙인 「에반스 공항」이 있다고 한다.

너는 특별하다

      많은 독자들이 미국의 흑인 여배우 우피 골드버그Whoopi Goldberg를 알 것이다. 그녀가 출연한 〈시스터 액트Sister Act〉는 미국 영화사에 길이 남을 만한 고전이 되었으며, 그녀가 연기한 수녀 또한 매우 독특한 캐릭터로 기억되고 있다.

     일상생활 속에서의 우피 골드버그 역시 매우 개성이 넘치는 인물이다. 그녀는 그녀의 개성이 어머니의 가르침에서 비롯된 것이라고 말한다.

     나는 뉴욕의 빈민가에서 자랐습니다. 히피풍에 매료되었던 시절 나는 나팔바지를 즐겨 입고, 아프로 스타일Afro(고수머리를 짧게 말아올려 컬을 만든 흑인풍의 헤어스타일 — 옮긴이)의 머리와 짙은 색조화장을 고집하고 다녔죠. 이 때문에 주변 이웃들의 따가운 시선을 받기도 했습니다.

한번은 친구와 저녁에 영화를 보러 가기로 했습니다. 약속 시간이 되자 나는 땅에 끌리는 멜빵바지에 화려하게 염색한 셔츠를 입고 나갔습니다. 나를 위아래로 훑어보던 친구가 말했습니다.

"가서 옷 좀 갈아입고 오지 그러니."

"왜?" 나는 곤혹스러웠죠.

"이런 차림새로는 도저히 창피해서 너랑 못 다니겠어."

친구의 반응이 나를 어리둥절하게 했습니다.

"갈아입으려거든 너나 갈아입어."

그러자 그녀는 가 버리더군요.

마침 이 광경을 보신 어머니가 나를 향해 걸어오셨습니다.

"가서 옷을 갈아입으면 넌 다른 사람들과 같아질 수 있어. 하지만 네가 그렇게 하고 싶지 않다면 하지 않아도 된단다. 다른 사람들의 놀림 따위는 신경 쓰지 말고 네가 하고 싶은 대로 하려무나. 단, 이것만은 알아야 한다. 사람들이 너의 차림새를 보고 수군댈 수도 있어. 그건 너를 당혹스럽게 할지도 몰라. 왜냐하면 남과 다르게 사는 것은 원래 쉽지 않은 일이거든."

나는 큰 충격을 받았습니다. 내가 남과 다른 방식으로 살고자 할 때 그 누구도 나를 격려하거나 지지해주지 않았습니다. 친구가 내게 옷을 갈아입고 오라고 말했을 때 나는 어려운 선택의 기로에 선 것 같았습니다.

"오늘 친구 때문에 옷을 갈아입어야 한다면 앞으로 얼마나 많은 사람들 때문에 얼마나 자주 옷을 갈아입어야 할까?"

어머니는 이미 나의 결심을 알고 있는 것 같았습니다. 내가 다른 사람들과 같아지거나 다른 사람들을 의식하여 나를 바꾸는 일 따위는 원치 않는다는 것을 말이죠.

사람들은 다른 이의 겉모습에는 관심이 많지만 그 사람의 내면이 어떠한지는 중요하게 생각하지 않는 것 같습니다. 한 사람의 독립된 인간이 되기 위해서는 어느 정도의 비판은 감수해야 합니다. 어머니는 내게 다른 사람과 똑같이 살기를 거부하는 것은 잘못이 아니나 결코 쉽지 않은 일임을 알려주셨습니다.

나는 평생 동안 이 문제에서 벗어나지 못했습니다. 배우로 유명해진 후에도 여전히 사람들은 나에 대해 이러쿵저러쿵 떠들어댔습니다.

"이런 장소에서 하이힐이 아닌 운동화를 신는다는 것이 말이 되나요? 어째서 정장을 입지 않았나요? 왜 그렇게 튀려고 하는지. 쯧쯧."

하지만 그 사람들도 결국은 내 헤어스타일과 옷차림을 따라 하기 시작했습니다. 그것은 내가 누구보다 특별하기 때문이겠죠.

당신이 가진 잠재력은
당신의 상상을 초월한다

2000년 여름, 마이크로소프트Microsoft

사의 연구 담당 부사장이었던 리카이푸李開復가 중국의 대학생들에게 한 통의 편지를 남겼다. 편지에는 그 자신의 이야기가 담겨 있었다.

내가 애플Apple사에서 근무할 때의 일입니다. 하루는 사장이 나에게 언제쯤 자신의 일을 대신할 수 있겠느냐고 물었습니다. 너무 놀란 나는 아직 나에게는 그와 같은 관리능력과 경험이 없다고 대답했습니다. 그러자 사장은 이렇게 말하더군요.

"나는 자네가 스스로에게 자신의 능력을 보여 줄 기회를 주었으면 하네. 자네가 가진 잠재력이 자네의 상상을 훨씬 넘어서는 것에 놀라게 될 것이네. 경험은 배우고 쌓으면 되는 것이지. 나는 2년 후쯤엔 자네가 내 뒤를 잇기를 희망하네."

사장의 제안과 격려에 나는 더 열심히 연구하고 경험을 쌓았습니다. 그리고 2년 후 정말로 사장직을 넘겨받았습니다.

내가 여러분에게 하고 싶은 이야기도 바로 이것입니다. 저는 여러분이 스스로에게 자신의 능력을 보여 줄 기회를 주었으면 합니다. 여러분은 자신이 가진 잠재력이 여러분의 상상보다 훨씬 크다는 것에 놀라게 될 것입니다.

미국의 유명 작가 윌리엄 포크너William Cuthbert Faulkner, 1897~1962 가 이렇게 말했습니다.

"당신의 동료와 경쟁하기 위해 애쓸 필요는 없다. 당신의 경쟁 상대는 당신 자신이다. 내일의 당신은 오늘의 당신보다 훨씬 나은 사람이어야 한다."

리카이푸는 계속해서 적었다.

학교에서 얻은 좋은 성적만으로 만족해하는 것은 우스운 일입니다. 인간의 잠재력은 무한한 것이니까요. 새로운 기회를 향해 적극적으로 나아가지 않는다면 여러분은 자신이 할 수 있는 일이 무엇인지 영원히 알 수 없을 것입니다.

　기억하십시오. 뛰는 사람 위에 나는 사람이 있는 법입니다. 21세기, 경쟁에는 이미 경계가 사라졌습니다. 여러분은 깨어 있어야 합니다. 보다 높은 곳을 바라보고, 보다 도전적인 목표를 가져야 합니다. '우물 안 개구리'가 아닌 '높이 나는 새'가 되길 바랍니다.

곳간이냐 뒷간이냐

이사李斯가 중국 진秦나라 시기의 재상으로 진시황秦始皇을 도와 중국을 통일하는데 큰 공을 세운 인물이라는 것은 많은 이들이 아는 사실이다. 그러나 이사가 젊은 시절에는 작은 마을 곡식창고의 관리인에 불과했다는 것을 아는 이는 많지 않다. 그가 보잘것없는 곳간 관리인에서 한 나라의 재상이 된 것은 우연히 뒷간에서 얻은 깨달음 때문이었다.

이사는 스물여섯 살이 되던 해, 초楚나라 작은 마을의 식량창고 관리가 되었다. 그가 하는 일은 곳간의 곡식 재고량을 기록하고, 식량이 들어오고 나가는 수량을 정확하게 파악하는 것이었다.

이사는 자신이 하는 일과 생활이 만족스럽지는 않았지만 뭔가 문제가 있다고 생각하지도 않았다. 그러던 어느 날 이사는 곳간 바깥쪽에 있는 뒷간에 갔다가 그 안에 있는 쥐떼를 보게 되었다. 뒷간에 사는 쥐들은 하나같이 깡마른 몸에 잿빛 털을 가지고 있었다. 쥐떼의 더러운 모습과 악취는 속이 울렁거릴 정도였다.

머리를 내밀고 먹을 것을 찾아 돌아다니는 쥐떼를 보면서 이사는 갑자기 곳간 안의 쥐들을 떠올렸다. 잘 먹어서 통통하게 살이 오르고 윤기나는 털을 가진 녀석들이었다. 하루 종일 곳간 구석구석을 돌아다니며 배를 채우는 곳간 쥐들의 생활은 지금 눈앞에 있는 뒷간의 쥐들과는 정말 천지차이였다.

"인간이나 쥐나 다를 바 없구나. 곳간이냐 뒷간이냐, 머무는 곳이 다르면 운명도 다른 법이지. 작은 마을의 식량창고 관리인으로 8년을 살아오면서 바깥세상이 어떠한지 구경도 못 해 본 내가 저 쥐와 무엇이 다른가? 하루 종일 이곳에서 몸부림치면서 곳간과 같은 천당이 있는 것도 모르고 살지 않는가. 그렇다면 배불리 먹으며 잘 사는 곳간 쥐들이 뒷간 쥐들보다 잘나서인가? 아니다. 환경을 잘 선택했을 뿐이다."

'높이 올라 손짓하면 팔이 길지 않아도 멀리서도 보이며, 바람을 타고 소리치면 소리가 크지 않아도 뚜렷하게 들린다.'

유학儒學의 대가 순자荀子의 말을 떠올린 이사는 가슴이 뛰는 것을 느꼈다. 사람이 재능을 발휘하기 위해서는 좋은 무대를 만나야 한다.

이사는 삶의 방식을 바꿔보기로 결심했다. 다음날 이사는 마을을 떠나 순자에게 가르침을 받으며 새로운 인생의 길을 찾기 시작했다.

20여 년이 지나, 그는 진의 수도 함양咸陽의 재상부에 살게 되었다.

당신은 지금 머무는 곳이 '곳간'인지 아니면 '뒷간'인지 생각해 보라. 보다 나은 인생의 무대를 찾을 수는 없는가?

루스벨트 여사와의 인터뷰

미국의 유명한 신문기자 데이비드 커닝스는 회고록에 자신의 초보 기자 시절 이야기를 적고 있다.

1960년 10월의 어느 날이었다. 신문사 사무실 벽에 붙은 업무 분담표 앞에서 나는 내 눈을 의심하지 않을 수 없었다. 눈을 비비고 몇 번을 다시 살펴보았지만 분명 같은 내용이었다.

커닝스-엘리너 루스벨트Eleanor Roosevelt, 1884~1962 여사와 인터뷰.

이게 무슨 일이란 말인가. 기자가 된 지 채 몇 달이 안 된 나 같은 신입에게 이런 중요한 임무를 맡기다니. 나는 당장 편집장을 찾아갔다.

편집장은 하던 일을 멈추고 내게 웃으며 말했다.

"자네가 본 것이 맞네. 우리는 자네가 하워드Howard 교수와의 인터뷰를 성공적으로 해낸 것을 보았네. 그래서 이번 일도 자네에게 맡기기로 한 것이네. 모레까지 인터뷰한 내용을 사무실로 가져오면 된다네. 행운을 빌어. 커닝스 기자님!"

행운을 빌다니. 말은 쉽다. 하지만 내가 만나야 할 사람은 전 대통령의 부인이었다. 그녀는 프랭클린 D. 루스벨트Franklin D. Roosevelt, 1882~1945 대통령과 평생을 함께 해 온 분이자 여성 정치인으로서도 명성을 떨치는 분이었다. 반면에 나는 어디에 명함도 못 내미는 초보 기자일 뿐이었다.

나는 필요한 자료들을 찾기 위해 서둘러 도서관으로 향했다. 해야 할 질문들을 순서대로 정리한 나는 적어도 한 가지 질문 정도는 그녀가 그동안 수많은 인터뷰에서 받아왔던 질문들과 차이를 둘 참이었다. 준비를 마치자 나는 기대에 부풀었고, 빨리 인터뷰를 하고 싶어 안달이 났다.

인터뷰는 우아한 인테리어가 돋보이는 방에서 진행되었다. 내가 방으로 들어갔을 때 나를 기다리고 있는 일흔다섯 나이의 노부인이 눈에 보였다. 나를 보자 그녀는 일어서서 악수를 청했다. 노부인 특유의 자상한 미소를 띠고 있었지만 그녀의 훤칠한

외모와 날카로운 눈빛은 이후로도 쉽게 잊혀지지 않았다. 나는 그녀 가까이에 앉아 맨 먼저 내 스스로 매우 특별하다고 생각하는 질문을 던졌다.

"여사님, 당신이 그동안 만나 본 사람들 가운데 가장 흥미로운 이는 누구였나요?"

내 생각에 이것은 정말 괜찮은 질문이었다. 게다가 나는 이미 어떤 답이 나올지 예상하고 있었다. 그녀의 대답이 남편 루스벨트 대통령이든, 처칠Churchill이나 헬렌 켈러Helen Keller이든 나는 그녀가 선택한 인물을 화제삼아 인터뷰를 진행해 갈 생각이었다.

루스벨트 여사가 웃으며 대답했다.

"데이비드 커닝스."

나는 내 두 귀를 믿을 수가 없었다. 나를 선택하다니 농담이겠지.

"오! 여사님, 무슨 의미이신지."

나는 겨우 말을 이었다.

"낯선 사람과 만난다는 것은 새로운 관계의 시작을 의미하죠. 그건 삶에서 가장 흥미로운 부분이에요. 나는 어렸을 때 수줍음이 아주 많았어요. 매번 사람들 앞에 서면 잔뜩 움츠러들곤 했죠. 그러다 보니 내 자신을 자꾸 가두게 되더군요. 하루는 내 부모님이 이렇게 말씀하셨어요. '사람은 새로운 친구를 사귈 줄 알아야 한단다. 네 삶에 용감하게 뛰어들어야 새로운 세상을 얻게 되는 거야.' 나는 그때부터 다른 사람이 내 세계로 들어오는 것을 허락하기 시작했어요. 또 내 스스로 새로운 세상을 향해 걸어나갈 수 있도록 자신을 격려했죠. 마침내 새로운 친구를 사귀는 것이 얼마나 즐거운 일인지 알게 됐지요."

루스벨트 여사와 함께한 한 시간 가량의 인터뷰는 순식간에 끝이 났다. 그녀가 처음부터 나를 편안하게 대해 준 덕분에 나는 자유롭게 인터뷰를 진행할 수 있었고, 인터뷰 결과도 매우 만족스러웠다.

이 인터뷰 내용이 신문에 실린 후 나는 전국뉴스보도상을 받았다. 하지만 내게 있어 가장 중요한 수확은 루스벨트 여사가 가르쳐 준 인생철학이었다.

"새로운 친구를 사귀는 것을 두려워 말고, 삶에 용감하게 뛰어들어라."

이 말은 오늘날까지 나의 좌우명이 되어 왔다.

이 말은 루스벨트 여사의 인생을 바꾸어 놓았고, 데이비드 커닝스의 성공 발판이 되었다. 우리는 기억해야 한다. 우리가 세상을 향한 마음의 문을 닫아 버린다면 세상도 우리를 향해 열어 놓았던 아름다운 문을 닫아 버린다는 사실을.

포효와 온유

내 이웃에 사는 데이비드David에게는
다섯 살과 일곱 살 나이의 두 아이가 있다. 어느 날 그가 일곱 살
짜리 큰 아이에게 잔디 깎는 기계 사용법을 가르치고 있었다. 그
가 아이에게 잔디밭에서 어떻게 기계의 움직임을 조절해야 하는
지 알려주려 할 때 그의 아내가 그를 불렀다. 아내와 이야기를
나눈 데이비드가 막 돌아섰을 때 아이는 잔디 깎는 기계에 이끌
려 꽃밭으로 가고 있었다. 대략 1미터 너비의 꽃밭이 순식간에
평지로 변했다.

이 광경을 본 데이비드는 참을 수가 없었다. 자신이 많은 시
간을 투자해 가꾸고, 이웃들의 부러움을 샀던 꽃밭이 망가지다

니. 그는 아이에게 소리를 지르기 시작했다. 이때 아내가 다가와 그의 어깨에 손을 얹으며 말했다.

"데이비드, 우리는 꽃을 기르는 사람이 아니라 아이를 기르는 부모라는 거 기억해요."

데이비드의 아내가 한 말은 나에게도 매우 인상적이었다. 부모된 이들은 정말로 중요한 것이 무엇인지 반드시 알아야 한다. 아이의 자존심이 망가진 어떤 물건들보다 더 중요하다. 야구를 하다가 깨뜨린 창문 유리, 덤벙대다가 부숴 버린 전등, 주방에 떨어뜨린 접시와 같은 것들은 모두 이미 부셔졌다. 꽃밭 역시 이미 망가진 것이 아닌가. 하지만 아이의 영혼을 다치게 해서는 안된다는 것을 기억해야 한다. 환하게 웃던 아이가 속마음을 다친다면 그보다 더 큰 손실은 없다.

몇 주 전에 운동복을 사러 갔다가 가게 주인과 부모가 되는 문제에 대해서 토론을 하게 되었다. 그는 아내와 일곱 살 난 딸과 함께 외식하러 갔다가 생긴 일을 이야기해 주었다. 그의 딸이 물이 들어 있는 컵을 엎었다. 하지만 이들 부부는 물을 깨끗이 닦아낸 후 딸을 꾸짖지 않았다. 그러자 딸아이가 그들을 향해 이렇게 말했다고 한다.

"엄마 아빠가 다른 부모님과 같지 않은 것에 대해서 제가 얼마나 감사하는지 아세요? 내 친구들의 부모님은 대부분 큰소리로 조심하라고 꾸짖으세요. 엄마 아빠가 그렇게 하지 않으셔서 정말 좋아요."

한번은 친구와 함께 저녁을 먹으러 갔는데 운동복 가게 주인이 이야기한 것과 비슷한 상황이 발생했다. 다섯 살 정도 되어 보이는 꼬마가 테이블에 우유를 쏟았다. 아이의 부모가 아이를 혼내려 하자 나는 얼른 내 앞에 있던 컵을 엎었다. 마흔여덟 살의 어른도 저지를 수 있는 실수임을 보여 주자 꼬마는 미소를 지었다. 그 부모도 나의 뜻을 알아차리고 더 이상 화내지 않았다. 인생은 배움의 연속임을 우리는 쉽게 잊어버리곤 한다.

최근에 나는 스티븐 그레이Steven Gray, 1670~1736에 관한 이야기를 들었다. 그는 일찍이 중요한 의학적 성과를 거둔 바 있는 과학자이다. 한 신문기자가 그와의 인터뷰에서 어떻게 일반인보다 훨씬 창조적일 수 있는지 그 이유를 물었다.

그는 모든 것이 어렸을 적 어머니가 그에게 하게 해주신 경험과 관련이 있다고 대답했다. 그가 어렸을 때 혼자서 냉장고 안의 우유통을 꺼내려고 한 적이 있었는데, 통을 놓쳐 바닥에 떨어뜨리는 바람에 주방이 온통 우유 바다가 되고 말았다.

그의 어머니는 주방에 와서 그 광경을 보고 이렇게 말했다.

"오! 네가 만들어 놓은 작품 정말 훌륭하구나. 나는 이렇게 큰 우유 바다를 본 적이 없단다. 어차피 이렇게 됐으니 치우기 전에 우유 바다 속에서 한번 놀아보는 게 어떻겠니?"

그는 어머니의 말씀대로 우유 바다 속에서 즐겁게 놀았다. 몇 분 후 어머니가 말했다.

"오늘처럼 실수를 하게 됐을 때에는 그것들을 깨끗하게 정리하고 물건들은 원래 자리에 가져다 놓으면 된단다. 지금 그렇게 해 보겠니? 스펀지와 밀걸레를 사용하면 더 잘 할 수 있겠다. 어떤 게 좋을까?"

그는 스펀지를 선택했고, 어머니와 함께 바닥에 쏟은 우유를 치웠다.

그의 어머니가 다시 말했다.

"우리가 어떻게 하면 작은 손으로도 큰 우유통을 잡을 수 있을까? 이미 실패한 실험이지만 뒤뜰에 가서 다시 해 보지 않을래? 통에 물을 가득 채우고 네가 그것을 잡을 수 있는지 보자꾸나."

어린 소년은 두 손으로 통의 입구 가까운 곳을 잡으면 된다는 것을 터득했다. 정말 훌륭한 수업이었다.

스티브 그레이는 그날 실수를 두려워할 필요가 없다는 것을 알게 되었다고 한다. 실수는 새로운 것을 배울 수 있는 기회라는 것과 과학실험도 그와 마찬가지라는 것을 깨달았다. 실험은 실패하더라도 우리는 그 과정에서 가치 있는 것을 배우게 된다.

만일 모든 부모가 스티브 그레이의 어머니와 같다면 얼마나 좋을까?

몇 년 전, 폴 루이가 라디오에서 인간관계에 활용할 수 있는 이야기를 한 적이 있다.

한 젊은 여성이 차를 몰고 집으로 가던 길에 접촉사고가 났다. 그녀의 차는 공장에서 나온 지 얼마 안 된 새 차였는데, 그녀는 남편에게 이 사실을 어떻게 알려야 할지 난감했다. 다른 차량의 운전자가 서로의 운전면허증을 확인하고 차번호를 기록하자고 말했다. 이 여성이 차안에 있던 큰 갈색 봉투에서 서류를 꺼내자 봉투 안에서 메모 한 장이 떨어졌다. 거기엔 다음과 같이 적혀 있었다.

"만일 사고가 났다면……, 여보! 내가 사랑하는 것은 당신이지 차가 아니라오."

((美) 잭 캔필드Jack canfield)

아름다운 나비

1993년 10월, 캐나다의 총리선거에서 쟝 크레디엥Jean Chretien은 상대편 후보의 무참한 공격을 받았다.

상대편 후보는 텔레비전 광고를 이용해 쟝 크레디엥의 안면 근육 경색을 과장하여 공격했다.

"당신은 이러한 사람이 총리가 되기를 원합니까?"

그러나 이는 오히려 대다수 유권자들의 반감을 살 수 있다는 것을 예상하지 못한 경솔한 행동이었다. 특히 쟝 크레디엥의 놀라운 경력을 알게 된 후에 사람들은 더욱 자신의 소중한 한 표를 쟝에게 주고 싶어했다.

쟝 크레디엥은 태어날 때부터 장애를 가지고 있었다. 그의 외모는 보기 흉했고, 왼쪽 얼굴은 마비되어 말을 할 때에도 더듬을 수밖에 없었다. 게다가 한쪽 귀의 청력에도 장애가 있었다.

그럼에도 불구하고 어린 쟝은 장애 때문에 낙담하거나 하늘을 원망하지 않았다. 그의 어머니는 늘 그를 격려해 주셨다.

"아름다운 나비들은 모두 고통의 시간을 보낸단다. 초라한 고치를 뚫고 나와야 아름다운 미래를 갖게 되는 거야."

쟝 크레디엥은 입 안에 작은 돌멩이를 넣고 말하는 연습을 했다. 오랜 시간이 걸렸지만 그는 마침내 유창하게 말할 수 있게 되었고, 열심히 노력한 끝에 우수한 성적으로 학업을 마쳤다.

그의 선거 구호는 다음과 같았다.

"저는 국가와 국민을 이끄는 아름다운 나비가 되겠습니다."

선거 결과는 그의 압도적인 승리였다. 재임 기간 동안 열심히 일하여 국민들의 폭넓은 지지와 존경을 얻은 그는 1997년 선거에서도 승리하여 캐나다 역사상 첫 번째 연임 총리가 되었다.

초라한 고치를 뚫고 나오면 아름다운 미래를 얻게 된다.

아인슈타인의 거울

알베르트 아인슈타인Albert Einstein, 1879~1955은 어렸을 때 노는 것에만 열중하는 개구쟁이였다. 그의 어머니는 이런 아들 때문에 걱정이 많았는데, 어머니의 걱정이나 잔소리는 그에게 아무런 힘을 발휘하지 못했다. 아인슈타인이 열여섯 살이 되던 해 가을, 그의 아버지는 한가로이 강가로 낚시를 가려던 아들을 붙잡고 이야기 하나를 들려주었는데 이이야기가 아인슈타인의 인생을 바꿔 놓았다.

"어제 나는 이웃집 잭 아저씨와 아랫동네 공장의 굴뚝을 청소하러 갔었단다. 그 굴뚝은 안쪽에 있는 철근 발판을 밟고서야 겨우 올라갈 수 있었지. 잭 아저씨가 먼저 올라갔고, 내가 그 뒤를 따랐는데 난간을 붙잡고 조심조심 오르다 보니 굴뚝 끝까지 올라가게 되더구나. 내려올 때도 잭 아저씨가 앞서고 나는 그 뒤를 따랐단다. 굴뚝에서 나오고 보니 잭 아저씨의 얼굴과 옷은 온통 검정이 묻어 있는데 이상하게도 나는 깨끗하지 뭐니."

아버지는 미소 띤 얼굴로 이야기를 이어나갔다.

"나는 잭 아저씨의 모습을 보고 나도 분명 똑같이 지저분한 모습일 것이라고 생각했단다. 그래서 근처 시냇가로 가서 구석구석 깨끗하게 씻었지. 그런데 잭 아저씨는 검정 하나 묻지 않은 내 모습을 보고 자신도 똑같이 깨끗할 것이라고 생각을 했던 모양이야. 그래서 대충 손만 씻고 의기양양하게 시내에 나갔다는구나. 거리에 있던 사람들이 그 모습을 보고 모두 배를 잡고 웃었다더라. 잭 아저씨가 미쳤다고 생각하는 사람도 있었단다."

아버지가 이야기를 마치자 아인슈타인은 참았던 웃음을 터뜨렸다. 함께 웃던 아버지가 웃음을 거두고 엄숙한 표정으로 말했다.

"다른 어떤 사람도 너의 거울이 되어 줄 수 없단다. 오직 너 자신만이 너의 거울이 될 수 있지."

아인슈타인은 이날 이후 놀기만 하는 개구쟁이 생활을 그만두었다. 그는 시시각각 자신을 거울삼아 자기 생활을 살펴보고 반성했고 마침내 밝게 빛나는 사람이 되었다.

아인슈타인에 관한 일화를 더 살펴보자.

아인슈타인이 미국으로 이주한 지 얼마 되지 않았을 때 뉴욕의 거리에서 우연히 친구와 마주쳤다.

"아인슈타인! 자네 새 외투를 하나 사 입어야겠네. 이곳은 뉴욕이야. 이렇게 낡은 옷은 좀 부끄럽지 않나?"

"그게 무슨 상관인가. 어차피 뉴욕에서 날 알아볼 사람은 없는걸."

아인슈타인은 개의치 않는 듯 말했다.

몇 년 후, 이들은 같은 장소에서 또 마주쳤다. 당시 아인슈타인은 이미 만천하에 이름을 떨치고 있었으나 여전히 그 낡은 외투를 입은 채였다. 그의 친구는 또 한번 새 외투를 사 입을 것을 권했다.

"그럴 필요 뭐 있나? 어차피 여기 있는 모든 사람들이 내가 누군 줄 아는걸."

아인슈타인의 대답이었다.

아인슈타인이 상대성이론을 발표하자 과학계에서는 의견이 분분했다. 1930년, 독일에서 상대성이론을 비판하는 책이 출판되었는데, 백 명의 교수가 아인슈타인이 틀렸음을 증명하는 내용이었다.

이 소식을 들은 아인슈타인이 크게 웃으며 말했다.

"백 명이라니. 그렇게 많은 사람이 필요하단 말인가? 내가 정말 틀렸다면 한 명이 증명해도 충분하지 않은가?"

다른 사람들이 하는 대로 따라 하는 것이 무슨 의미가 있는가. 어떤 옷을 입든, 다른 사람들이 뭐라고 하든 가장 중요한 것은 자기 자신의 마음이다.

엎질러진 우유

미국 인간관계 경영 분야 최고의 컨
설턴트였던 데일 카네기Dale Carnegie, 1888~1955가 자주 언급한 이
야기이다.

카네기는 자신의 사업을 시작하면서 미주리Missouri주에 개설
한 성인 강좌를 시작으로 여러 대도시에 분원을 개설했다. 그는
장소를 빌리고, 강좌를 진행하는 것 외에도 광고를 위해 많은 돈
을 썼지만 돌아오는 수입은 많지 않았다. 얼마간의 시간이 지나
그는 자신에게 남은 돈이 한 푼도 없다는 사실을 알게 되었다.
재무관리상의 경험 부족으로 그의 수입은 겨우 지출을 막을 수
있는 정도였으며, 수개월간 고생해 온 그 자신은 어떤 보답도 받

고 있지 못했다.

카네기는 고민에 빠졌다. 모든 것이 자신의 부주의함 때문이라고 스스로를 원망했다. 이런 상황이 지속되자 하루하루가 우울함의 연속이었고, 도저히 자신의 사업을 계속해 갈 수 없을 것 같았다.

카네기는 고등학교 시절의 선생님 조지 존슨George Johnson을 찾아갔다.

"이미 엎질러진 우유 때문에 울지 말거라."

선생님의 이 한 마디에 카네기는 머릿속이 맑아져 오는 것을 느꼈다. 그동안의 고민은 순식간에 사라졌다.

"우유는 이미 엎질러졌는데 어떻게 하겠니? 엎질러진 우유를 바라보면서 우는 것보다는 다른 방법을 찾는 것이 낫다. 잊지 말거라. 이미 엎질러진 우유는 다시 컵에 담을 수 없단다. 우리가 할 수 있는 일은 이 일을 교훈삼아 다시는 이런 일이 생기지 않도록 조심하는 것뿐이지."

카네기는 이 이야기를 사람들에게 자주 들려준다. 세상사 대부분은 뜻대로 되지 않는다. 우리가 바꿀 수 없는 상황이라면 차라리 그것을 잊어버리는 것이 낫다. 언젠가는 실수를 보완할 기회가 있기 마련이다. 그 기회를 잡으면 된다. 후회하고 자신을 원망하는 것으로는 지난 실수를 만회할 수 없을 뿐 아니라 새로운 일을 시작하는 데도 방해가 된다.

또 다른 이야기도 있다.

"오래전에 내가 개설한 성인 강좌의 시범 교실에 뉴욕의 〈The Sun〉 신문사에서 기자가 찾아왔습니다. 그는 난처할 정도로 내가 하는 일과 나에 대해 공격을 퍼부었습니다. 너무 화가 난 나는 그가 나에게 굴욕을 주기 위해 온 것이라고 결론을 내렸지요. 나는 곧장 〈The Sun〉 신문사에 전화를 걸어 이 일의 진상을 밝히는 글을 신문에 싣고 그를 처벌해 줄 것을 요구했습니다. 하지만 지금은 당시 나의 행동을 매우 부끄럽게 생각합니다. 그 신문을 사 보는 사람들 가운데 절반은 그 글을 보지 못했을 것이고, 그 글을 본 사람들 가운데 절반은 별 의미 없는 사건으로 여겼을 것입니다. 정말로 주의해서 그 글을 읽은 사람들 가운데 또 절반 정도는 며칠 후 그 내용을 까맣게 잊어버렸을 것입니다."

카네기는 이 일을 통해 중요한 결론을 얻었다. 다른 사람이 부당하게 당신을 공격하고 비판한다면 당신이 그것을 막기는 어렵다. 그러나 당신은 그 부당한 비판에 좌지우지될 것인지 말 것인지를 결정할 수 있다.

미국의 전 대통령 루스벨트의 부인이 카네기에게 그녀의 백악관 생활 원칙을 이야기한 적이 있다.

"비판을 피하는 유일한 방법은 오직 당신의 마음이 옳다고 생각하는 일에만 매달리는 것입니다. 왜냐하면 어차피 당신이 하는 일은 비판을 받게 되어 있으니까요. 해도 욕을 먹고, 안 해도 욕을 먹는 것이죠."

어떤 이들은 마치 당신을 비판할 권리를 갖고 있는 것처럼 행동한다. 당신이 무슨 일을 하든지 맨 먼저 할 일은 들어도 못 들은 척해야 할 이야기, 예의상 받아 넘겨야 할 이야기, 진정 당신에게 도움이 되는 이야기를 파악하는 일이다.

실수를 범했을 땐 좋은 경험으로 삼고 계속해서 나아가라. 다른 사람이 당신이 실수했노라고 말하면 그냥 그렇게 떠들도록 내버려 두어라. 어차피 누군가는 당신에게 불만을 갖게 되어 있다.

당신을 데리고 낚시하러 가 줄 사람은 없다

미국의 성공학 권위자 데니스 웨이틀리Danis Waitley 박사는 자주 이런 말을 하곤 한다.

"당신을 데리고 낚시하러 가 줄 사람은 없다."

이 말이 나온 배경은 그가 어렸을 때 일어난 한 사건이다.

웨이틀리는 어렸을 때 이미 독립심을 배웠다. 그의 아버지는 제2차 세계대전 당시 해외에 계셨는데, 당시 아홉 살의 웨이틀리는 어머니와 함께 샌디에이고San Diego에 살았다. 그의 집 근처에도 육군 부대가 있었는데 그곳에 주둔하는 병사들은 웨이틀리의 친구가 되어 주었다. 그들은 웨이틀리에게 가짜 전투모나 군용물통과 같은 기념품을 선물했고, 웨이틀리는 사탕이나 잡지

또는 집으로 초대하여 식사를 대접하는 것으로 보답했다.

그러던 어느 날 일어난 일이었다. 웨이틀리는 이날의 일을 결코 잊을 수 없었다.

그날 병사 친구 하나가 말했습니다.

"일요일 아침 다섯 시에 배를 타고 낚시하러 가자."

나는 기뻐서 껑충껑충 뛰었습니다.

"좋아요. 정말 가고 싶어요. 나는 배를 타 본 적도 없거든요. 늘 다리 위나, 방파제, 바위 위에서 낚시했던 게 다예요. 바다 위로 떠다니는 배를 보면서 얼마나 부러웠는지 몰라요. 언젠가는 배를 타고 낚시를 할 수 있을 거라고 꿈꿔왔는데. 정말 고마워요. 어머니에게 말씀드려서 다음 주 토요일에 저녁 식사에 초대할게요."

토요일 저녁 매우 들떠 있던 나는 옷을 입고 신발을 신은 채로 잠자리에 들었습니다. 혹시 약속 시간에 늦을까 걱정이 되어 견딜 수 없었던 것입니다. 나는 바다 한가운데에서 우럭을 잡고, 여유롭게 갑판 위를 거니는 내 모습을 상상하느라 잠을 잘 자지 못했습니다. 새벽 세 시, 침대에서 나와 낚시 도구를 챙기고 낚시고리와 낚시줄도 따로 하나씩 더 준비했습니다. 낚싯대에 기름칠을 하고는 땅콩크림과 과일잼을 바른 샌드위치도 2인분 넣었습니다. 네 시 정각, 출발할 준비를 마쳤습니다. 낚싯대, 낚시 도구 상자, 점심 도시락과 나의 열정까지 모든 것이 완벽하게 준비되어 있었습니다. 나는 집 밖의 길가에 앉아 어둠 속에서 내 병사 친구가 나타나기만을 기다렸지만 그는 오지 않았습니다.

나는 그 일로 우울해하거나 괴로워하지 않았습니다. 어머니에게 그 병사가 약속을 지키지 않았다고 말하지도 않았습니다. 누군가를 믿은 것에 대해 후회하거나 남을 의심하는 마음이 생긴 것도 아니었습니다. 오히려 마음 깊은 곳에서 귀에 익은 목소리가 들려왔습니다.

"누구라도 너와의 약속을 어길 수 있단다. 네가 하고 싶은 것을 하기 위해서라면 네 스스로 행동해야 해."

목소리는 너무나 생생해서 마치 아버지가 내 귓가에 대고 말씀하시는 것 같았습니다. 아버지는 늘 나에게 스스로 행동하고 도전하라고 격려해 주셨습니다. 언젠가는 당신의 아들이 이런 일을 겪을 것을 확신하셨던 것은 아니었겠지만 아버지는 이미 나에게 이런 경우에 어떻게 대처해야 하는지를 가르쳐 주신 것입니다.

나는 근처의 극장 공터에 있는 시장으로 달려갔습니다. 이웃집의 잡초를 뽑아 번 돈으로 지난 주에 봐 두었던 낡은 1인용 고무구명보트를 샀습니다. 정오가 가까워 올 무렵 나는 바람을 가득 불어넣은 보트를 머리에 이고 물가로 갈 수 있었습니다. 보트 안에 낚시 도구를 넣고 노를 저어 물속으로 들어간 나는 마치 커다란 유조선을 몰고 항해를 하는 듯한 기분을 느꼈습니다. 고기를 잡고, 샌드위치와 군용물통에 담긴 주스를 먹고 마시면서 시간을 보냈습니다. 이날은 내 인생에서 가장 아름다운 추억이 되었습니다. 그야말로 내 어린 시절의 클라이맥스라고 할 수 있었지요.

웨이틀리는 그날을 추억하면서 자신이 배우게 된 것들에 대해 생각하곤 한다. 아홉 살의 어린 나이에도 불구하고 그는 이미 귀한 경험을 한 셈이었다.

"가장 먼저 배운 것은 물고기가 미끼를 무는 순간 세상 모든 걱정이 사라진다는 것이었습니다. 그 다음은 병사 친구가 나에게 가르쳐 준 것인데, 좋은 의도로만 사람을 대할 수는 없다는 것이었습니다. 병사 친구가 나를 낚시에 데리고 가겠다고 말했던 것은 데리고 갈 생각이 있었기 때문이었겠지만, 그는 이후로 낚시를 데리고 가겠다는 약속을 지키지 않았습니다."

웨이틀리에게는 그날 낚시를 간 것이 매우 큰 사건이었다. 혼자 계획을 세워 꿈을 현실로 만든 최초의 사건이었기 때문이다. 웨이틀리는 '너는 낚시를 가고 싶겠지만 병사 친구가 오지 않았으니 어쩔 수 없는 일이지'라고 자신을 위로하며 집으로 돌아올 수도 있었다. 하지만 그 순간 그를 움직인 것은 아버지의 가르침이었다. 자기 힘으로 자신의 꿈을 실현할 수 있는 사람은 모든 것을 가능하게 만든다.

자신의 잠재력을 개발하여 스스로 자신의 크고 작은 꿈들을 실현시켜 나가야 한다. 그 누구라도 당신과의 약속을 어길 수 있다.

5장

의지

미국에서는 한 사람에 대해 이야기할 때,
그의 계급이 무엇인지가 아니라 그에게 어떤 능력이 있는지를 묻는다.

성공을 가장하다

오래전 일자리를 찾아 뉴욕 거리를 헤매는 가난한 소녀가 있었다. 한참을 돌아다닌 끝에 5번가의 한 양장점에서 허드렛일을 하는 잡부로 고용되었다.

그녀는 금빛 휘황찬란한 매장에 들어서면서 마치 다른 세상에 온 것 같은 착각에 빠졌다. 그곳에서 일을 하면서 그녀는 고급 승용차를 타고 온 부인들이 매장 안의 금테 두른 대형 거울 앞에서 아름다운 옷을 입어보는 모습을 자주 볼 수 있었다. 그들은 양장점 주인과 마찬가지로 매우 우아하고 세련된 사람들이었다. 소녀는 생각했다.

"이거야말로 여자가 살아야 할 삶이구나."

강렬한 욕망이 그녀의 마음속에서 꿈틀댔다.

"나도 돈을 벌어서 그녀들처럼 살겠어."

이날부터 소녀는 재미있는 놀이를 시작했다. 매일 아침 일을 시작하기 전에 매장 안의 그 화려한 거울 앞에 서서 밝고 온화하면서도 자신감에 넘치는 미소를 연습했다. 가난한 그녀는 초라한 옷을 입을 수밖에 없었지만 자신이 이미 아름다운 옷을 입은 부인이 된 것처럼 행동했다. 당당하고 깍듯하게 사람들을 대하자 손님들은 그녀를 좋아하게 되었다. 그녀는 비록 하찮은 잡부에 불과했지만 자신이 이미 사장이 되었다고 가장하고 더 적극적으로 열심히 일했다. 마치 그 양장점이 자신의 것인 양 정성을 다하자 그녀는 곧 사장의 신임을 받게 되었다.

오래지 않아 많은 손님들이 사장에게 이런 말을 하기 시작했다.

"저 아이가 당신 가게에서 가장 똑똑하고 품성이 좋은 것 같아요."

사장도 이렇게 말했다.

"정말 뛰어난 아이랍니다."

얼마 후 사장은 소녀에게 양장점의 관리를 맡겼다. 세월이 흐르면서 이 소녀는 점차 의상 디자이너로서 이름을 얻었다. 그녀가 바로 뉴욕 패션계의 유명한 디자이너 '마담 아네뜨Annette'

이다.

아네뜨는 말한다.

"나는 프랭클린Franklin의 이 말을 믿습니다. '미국에서는 한 사람에 대해 이야기할 때, 그의 계급이 무엇인지가 아니라 그에게 어떤 능력이 있는지를 묻는다.' 출신이 한 사람의 운명을 결정하는 것이 아니라 능력이 한 사람의 위치를 결정하는 것입니다."

다른 길로 가 본 적 있니

세계적인 패션 디자이너 엘자 스키아파렐리Elsa Schiaparelli는 늘 아버지의 가르침을 기억하고 있다.

어느 날 아버지가 나를 교회의 종탑 꼭대기로 데려가셨다.
"엘자! 아래를 한 번 내려다보렴."
아버지의 말씀에 나는 최대한 용기를 내어 아래를 내려다보았다. 마을 중심에 자리한 광장이 보였고, 그 주위로 좁고 구불구불한 길들이 엉켜 있었다. 하지만 엉켜 있는 그 길들은 모두결국 광장으로 통하게 되어 있었다.
"잘 보거라. 우리 귀염둥이, 광장으로 통하는 길은 하나가 아니란다. 우리 삶도 마찬가지야. 네가 가던 길로 가고 싶은 곳까지 갈 수 없다면 다른 길을 찾아보면 된단다."

나는 아버지가 왜 나를 이곳에 데려오셨는지 알 것 같았다. 며칠 전 나는 어머니께 맛없는 학교 급식에 대해 불평을 하고, 어머니가 학교에 가서 개선을 요구해 주길 부탁드렸다. 그러나 어머니는 내 부탁을 들어주지 않으셨다. 아마도 내 말을 믿지 않으시는 것 같았다.

나는 아버지께 구원을 요청했다. 그러자 아버지는 아무런 대꾸도 없이 나를 종탑으로 데려가신 것이었다. 나는 아버지와 함께 집으로 돌아가는 길에 좋은 아이디어가 떠올랐다.

다음날 나는 급식 때 나온 야채스프를 병에 담았다. 저녁 식사 때 그 스프를 어머니 몰래 내놓을 생각이었다. 내 계획은 매우 순조롭게 진행되었다. 아무 생각 없이 스프를 맛본 어머니가 소리쳤다.

"나에게 이런 걸 먹으라고 주다니. 요리사가 미쳤나 보군."

나는 곧장 어머니께 자초지종을 설명했고, 어머니는 다음날 학교에 가서 맛없는 급식 문제를 해결해 주셨다.

그 사건 이후로도 나는 자주 아버지의 가르침을 떠올리곤 한다. 살다 보면 어디로 가야 할지 막막해질 때가 있기 마련이다.

내 꿈은 패션 디자이너가 되는 것이었다. 그러나 쟁쟁한 고수

들이 넘쳐나는 패션계에서 살아남기란 결코 쉬운 일이 아니었
다.

'어떻게 해야 할까? 이 길은 통하지 않음을 인정하고 포기하
든지, 어떻게든 다른 방도를 찾든지 둘 중 하나다.'

나는 직접 디자인한 작품들을 가지고 '패션의 중심 파리'로
갔다. 그러나 유명 디자이너들 가운데 내 작품에 관심을 갖는 이
는 아무도 없었다.

그러던 어느 날 우연히 한 친구를 만났다. 나는 그녀가 입은
스웨터에 눈이 갔다. 색상은 화려하지 않았지만 뜨개질 방법이
매우 특이했다.

"네가 만든 스웨터니?" 친구에게 물었다.

"아니, 이웃집 위니 아주머니 솜씨야."

"정말 신기한 뜨개질법이구나."

그러자 감탄하는 나에게 친구가 설명해 주었다.

"이 아주머니도 아르메니아Armenia에서 온 여인에게서 배우셨
대."

그때 갑자기 새로운 계획들이 머릿속에 떠올랐다.

"내 디자인에 이 뜨개질법을 접목시키면 되겠구나. 나라고 내
이름으로 된 옷을 만들지 말란 법 있나?"

나는 굵은 줄무늬에 호랑나비를 넣은 디자인을 위니 아주머

니께 드리고, 재킷을 하나 만들어 달라고 부탁드렸다. 완성된 재킷은 너무 예뻤다. 나는 그 재킷을 입고 유명한 디자이너들이 자주 가는 식당으로 갔다. 효과는 곧바로 나타났다. 꽤 큰 규모의 상점 사장이 그 자리에서 40벌을 주문했다. 흥분한 나는 2주 이내에 보내달라는 요청에도 별 생각 없이 계약을 맺었다.

다시 위니 아주머니를 찾아갔을 때, 나는 머리에 찬물을 뒤집어쓴 기분이었다. 그녀가 말했다.

"네 재킷 하나 만드는 데만 일주일이 걸렸는데, 2주 동안 40벌을 만들어 달라고? 농담이겠지."

바로 눈앞에 놓여 있던 성공이 막다른 골목으로 접어들고 마는 순간이었다. 힘없이 걷던 나는 갑자기 걸음을 멈췄다.

"분명 다른 길이 있을 거야."

위니 아주머니의 뜨개질법이 특수한 기술이라고는 하지만 파리에 그 기술을 아는 아르메니아 여성들이 더 있을 수도 있는 일이었다.

나는 위니 아주머니께 돌아가 내 계획을 말씀드렸다. 아주머니는 좀 망설이셨지만 도와주기로 약속하셨다.

나와 위니 아주머니는 '탐정'이 되어 대도시 파리에서 아르메니아 여성들을 찾기 시작했다. 때로는 한 사람을 통해 여러 사람을 찾을 수 있었다. 마침내 우리는 아르메니아 여성 스무 명을 찾아냈다. 모두 특수한 아르메니아식 뜨개질법에 정통한 그녀들은 2주 안에 내 재킷들을 완성할 수 있었다. 내 이름을 건 첫 번째 상품들이 미국으로 떠났다.

이때부터 내가 디자인한 옷은 강물처럼 세상을 향해 멀리멀리 흘러나갔다. 나는 도전과 모험이 가득한 패션계에서 일하는 즐거움을 만끽할 수 있었다.

나는 내 첫 번째 패션쇼를 영원히 잊지 못할 것 같다. 그때 역시 아버지의 가르침이 나를 위기에서 벗어나도록 도와주었다. 당시 나는 동계 패션쇼를 계획하고 있었는데 패션쇼를 13일 남겨 두고 재봉사들이 모두 파업에 들어갔다. 나와 모델들은 낙담할 수밖에 없었다.

"다 틀렸어."

누군가 참을 수 없다는 듯 소리쳤다.

"탈출구는 어디에 있을까?"

나는 초조했다. 패션쇼를 취소하거나 아니면 미완성 작품을 그대로 내놓는 수밖에 없었다. 생각에 잠겨 있던 내게 순간 환한 빛줄기가 비쳐오는 듯했다.

"내가 왜 진작 그 생각을 못했을까? 패션쇼에 반드시 완성품만 내놓으라는 법은 어디에도 없다."

이 아이디어는 다른 몇 사람의 찬성을 얻었고, 나는 패션쇼를 위해 밤낮을 가리지 않고 작업에 열중했다.

13일 후, 나의 첫 번째 패션쇼가 예정대로 진행되었다.

그것은 매우 색다른 패션쇼가 되었다. 어떤 옷은 소매가 없었고, 어떤 옷은 한쪽 소매만 있었다. 대부분의 옷들이 미완성품이거나 두터운 솜을 드러낸 견본품이었다. 우리는 그 옷들에 완성된 모습의 디자인과 사용할 옷감을 끼워 내놓았다. 패션쇼를 보러 온 사람들이 문을 열고 들어오는 순간 내 심장은 밖으로 튀어나올 듯 마구 뛰었다.

"사람들이 이 특이한 패션쇼를 받아들일까?"

그런데 결과는 정말 예상 밖이었다. 나의 미완성 작품들은 사람들의 주목을 받았고, 얼마 후 각지에서 주문서가 날아들었다.

아버지의 가르침이 또 한 번 나를 성공의 문으로 이끌어 주었다. 광장으로 통하는 길이 하나가 아니었듯 성공으로 통하는 길 또한 하나가 아니었다.

정말로 노력했는가

1927년 미국 아칸소Arkansas주 미시시피강의 제방이 홍수로 무너졌다. 이 재해로 아홉 살 난 흑인 꼬마의 집도 물에 잠겼다. 홍수가 꼬마를 삼키려는 순간, 어머니는 온 힘을 다해 아이를 구했다.

1932년 아이가 초등학교를 졸업했다. 하지만 아칸소주에 있는 중학교들은 흑인을 받지 않았기 때문에 그는 시카고에 있는 학교로 진학해야 했다. 집에는 그렇게 많은 비용을 댈 여력이 없었지만 어머니는 아들을 학교에 보내기로 결심했다. 아들의 일 년 학비를 벌기 위해 그녀는 노동자 50명의 빨래와 다림질, 식사준비를 해야 했다.

1933년 여름 돈이 모이자 어머니는 아들을 데리고 시카고로 가는 기차에 올랐다. 시카고에서도 어머니는 허드렛일로 생계를 유지했다. 아들은 우수한 성적으로 졸업하여 대학까지 순조롭게 마쳤다. 1942년 아들은 잡지를 창간했다. 그러나 잠재된 정기 구독자들에게 잡지를 보낼 수 있는 우편비용 500달러가 부족했다. 신용대출회사에서 대출을 해주겠다고 했지만 담보가 필요하다는 조건이 있었다. 어머니는 오랫동안 저축하여 모은 돈으로 얼마 전에 새로운 가구를 샀는데 이는 그녀 일생에 가장 소중한 물건들이라 할 수 있는 것이었다. 그러나 그녀는 새 가구들을 담보로 하는 데 동의했다.

1943년 잡지 사업이 대성공을 거두자 아들은 마침내 오랫동안 꿈꾸어 왔던 일을 했다. 어머니의 이름을 그의 직원 급여리스트에 넣은 것이다. 어머니께는 퇴직한 직원이 되었으므로 다시는 일을 할 필요가 없다고 말씀드렸다. 그날 어머니와 아들은 함께 울었다.

이후 이상하게도 아들의 사업이 마치 깊은 수렁으로 빠져드는 듯했다. 여러 난관들에 부딪히게 되었고 아들은 재기할 힘을 잃은 듯했다. 그는 무거운 마음으로 어머니께 말했다.

"어머니, 아무래도 이번엔 정말 실패한 것 같아요."

"아들아!" 어머니가 말했다. "너 노력해 보았니?"

"해 봤어요."

"정말로 노력했니?"

"네."

"좋다."

어머니는 단호한 말투로 대화를 마쳤다.

"무슨 일이든 네가 정말로 노력했다면 결코 실패하지 않을 것이다."

과연 아들은 난관을 헤치고 성공의 정상에 올랐다. 그는 바로 세계적으로 유명한 흑인 잡지 〈에보니EBONY〉의 발행인 존. H. 존슨John. H. Johnson이다.

존슨은 어머니의 말씀이 그에게 준 영향도 매우 컸지만 그보다 더 중요한 것은 어머니가 직접 행동으로 보여 준 것들이라고 말했다. 평생 노력하는 어머니의 모습은 그에게 좋은 인생 모델이 되었다. 운명이 공격해 오면 싸우면 된다.

실패하는 이유는 단 한 가지이다. 그것은 노력하기를 포기했기 때문이다.

부는 너의 곁에 있다

전 세계에 퍼져 있는 월마트WalMart의 창립자 샘 월튼Sam Walton은 수십 년에 걸친 노력으로 세계 최대의 쇼핑 왕국을 만들어냈다. 샘 월튼은 세계 최고의 부자로 지금까지 미국의 10대 부자 명단에서 월튼가 사람들의 이름이 빠진 적은 없었다.

한번은 〈포춘Fortune〉의 한 기자가 월튼에게 인터뷰를 청해 왔다.

"회장님의 성공 비결을 듣고 싶습니다. 제가 내일 회장님의 사무실로 찾아뵈면 되겠습니까?"

월튼은 흔쾌히 승낙했다.

다음날 기자는 아침 일찍 월튼의 사무실을 찾았다. 30분 정도 시간이 지났지만 월튼은 나타나지 않았다. 사무실 앞을 지나던 비서가 기자를 보고 물었다.

"왜 여기에서 기다리세요? 제가 회장님을 한번 찾아보죠."

잠시 후 비서가 돌아와 말했다.

"찾았습니다. 회장님은 여기서 20미터 정도 떨어진 매장에 계십니다."

즉시 사무실을 나와 월튼을 찾아 나선 기자는 고객을 위해 물건들을 담아 트럭에 싣고 있는 월튼의 모습을 보았다.

기자가 월튼에게 말했다.

"사무실에서 기다리겠다고 약속하지 않으셨습니까? 회장님."

월튼이 대답했다.

"맞습니다. 나는 당신이 오기를 기다리고 있었습니다."

기자가 다시 물었다.

"그런데 왜 여기 계시는……."

월튼은 태연하게 대답했다.

"내 사무실은 거리에 있습니다. 고객이 나를 필요로 하는 곳이 내 일터이자 사무실이지요."

월튼은 하던 일을 계속하면서 기자의 인터뷰에 응했다. 그는 '한 사람이 가질 수 있는 부는 그 사람 주변 25미터 이내에 있다. 하지만 사람들은 먼 곳만을 바라보느라 자기 주변에 있는 기회를 보지 못하는 경우가 대부분이다'라는 말을 신봉한다고 했다.

월튼 가문은 소매업으로 살아간다. 주로 잡다한 일용품들을 취급하지만 세계 최고의 부자이다. 큰 기업을 운영하는 사람만이 많은 돈을 가질 수 있는 것은 아니다. 매장 안의 손님들이 줄을 서서 돈을 지불하는 것을 보고 기자가 말했다.

"장사가 잘 되는군요. 정말 성공하셨네요."

그러나 월튼은 이렇게 말했다.

"정말 성공했다면 손님들이 줄을 설 필요가 없지요. 이건 개선이 필요하다는 걸 보여 주는 것입니다. 성공하려면 많이 배워야 할 뿐 아니라 계속해서 새로운 지식을 습득해야 합니다."

인터뷰를 마친 월튼은 기자를 배웅하러 나왔다가 마침 근처의 한 회사가 문을 닫는다는 팻말을 내건 것을 보게 되었다. 월튼은 즉시 회사에 전화를 걸어 직원회의를 소집하라고 지시했다. 그리고 기자에게 이런 말을 남겼다.

"직원들에게 실패의 길을 배워보게 할 참입니다. 장사가 이렇게 잘 되는 곳에서 문을 닫는 것은 분명 이유가 있을 테지요. 그것은 우리에게 적지 않은 교훈과 경험을 가르쳐 줄 것입니다."

아낄 수 있는 것은 무엇이든 아껴라

아메리칸 에어라인AMERICAN AIRLINE
은 미국 최대의 항공회사이자 많은 이윤을 남기는 항공회사로
유명하다. 아메리칸 에어라인의 성공은 로버트 크랜달Robert
Crandall 회장과 그 경영진이 택한 전략에 의한 것이라 할 수 있
다. 그 가운데는 앞선 정보시스템, 효과적인 마케팅전략(예를 들
자면 단골탑승고객 우대 방안과 같은), 고품격 고객서비스 및 원가
절감을 위한 노력도 포함되어 있다.

아메리칸 에어라인은 원가절감을 위한 갖가지 방법들을 생
각해 냈다. 현대화되고 기름이 적게 드는 기종으로 교체하고,
모든 항공기의 좌석밀도를 높임으로써 생산 원가를 절감할 수

있었다.

아메리칸 에어라인을 상징하는 레드, 화이트, 블루의 삼색 줄무늬 외에는 기체에 어떤 칠도 하지 않는다는 전략은 페인트와 연료값을 아껴주었다. 또한 칠을 하지 않은 DC10 기종의 무게는 대략 180킬로그램 정도 감량되어 매년 연료비 가운데 12만 달러를 줄일 수 있었다.

20세기 80년대 중기, 아메리칸 에어라인은 비행기 내부의 무게를 최소 675킬로그램씩 줄였다. 좌석과 기내에서 사용하는 기구들을 가벼운 재질로 바꾸고, 작고 얇은 베개와 담요를 사용하게 했으며 비즈니스 클래스에서도 가벼운 식기를 사용하는 한편 서비스 공간을 새롭게 설계함으로써 가능해진 일이었다. 이러한 변화로 아메리칸 에어라인의 비행기는 매년 22만 달러를 절약할 수 있게 되었다.

크랜달과 경영진은 원가를 최소화하는 과정에서 크고 작은 낭비들을 줄였다. 한번은 크랜달이 먹다 남은 기내식을 봉투에 담아다가 기내식 담당자에게 주며 말했다.

"저녁 식사에 제공되는 샐러드의 양을 줄이시오."

그는 불만스러운 듯 샐러드 위에 올린 올리브 한 알도 빼 버릴 것을 명령했고 이 일로 아메리칸 에어라인은 매년 7만 달러를 아낄 수 있었다.

크랜달은 돈을 아끼기 위해 경비용 개를 해고하기도 했다. 한 언론사와의 인터뷰 중에 크랜달은 직접 이 일에 대해 설명했다.

"우리는 카리브 해변the Caribbean see에 있는 화물 창고에 야간 경비를 채용했었습니다. 하지만 얼마 지나지 않아 이 비용을 줄이기로 결정했지요. 어떤 이들은 도둑이 드는 것을 막자면 한 사람 정도는 필요하지 않느냐고 하더군요. 그래서 나는 계약직 직원을 두고 격일제로 일하게 한다면 사람들이 눈치채지 못할 것이라고 말해 주었습니다.

일 년 후, 나는 다시 비용을 줄이고 싶어졌습니다. 그래서 개를 한 마리 두어 창고를 지키게 하는 것이 어떻겠느냐는 의견을 냈지요. 우리는 그렇게 했고 효과를 보았습니다.

다시 일 년이 지나자 개를 두는 비용조차 아깝게 느껴졌습니다. 부하 직원들은 탐탁지 않게 여기는 것 같았습니다. 나는 말했지요. '개 짖는 소리를 녹음해서 틀어놓으면 될 것 아니오?' 우리는 그렇게 했고 역시 효과를 보았습니다. 창고를 지키는 개가 있다는 사실을 의심하는 사람은 아무도 없었으니까요."

크랜달은 말했다.

"내 어머니가 말씀하셨습니다. '절약할 마음만 있다면 방법은 있기 마련이다.' 나는 이 말을 믿습니다.

절약을 통해 얻은 돈이야말로 진정한 순이익입니다. 순이익

률이 10%라고 가정하면, 당신이 아낀 1달러는 10달러를 더 번 것과 같습니다."

부자로 산다는 것은
─록펠러가 아들에게 쓴 편지

어떤 '욕망'에 빠져들고 있는 네 자신을 발견한다면 즉시 그 싹을 잘라버려라. 물욕에 관한 화제話題는 새로운 아이디어를 이야기하는 창의적인 화제로 바꾸어라.

현대의 편리한 신용제도 가운데에는 사실상 많은 사람들에게 저주나 다름없는 것도 있단다. 바로 신용카드지. 그것은 충동구매를 일으키는 주요 원인이다. 과도한 소비는 누구나 범할 수 있는 실수란다. 사람에 따라 다르긴 하지만 그 횟수는 계속해서 늘어나고 있지. 졸부들은 신용카드로 거침없이 충동구매를 일삼는다. 어디서든 사용할 수 있는 신용카드는 소비를 멈출 수 없도록 늘 우리를 유혹하지.

일주일 동안 사용할 현금을 가지고 다니는 것이 과도한 소비를 막는 가장 간편한 방법이란다. 현금을 사용하는 것이 자기도 모르는 사이 파산의 길로 들어서게 하는 신용제도보다 낫다는 것은 논쟁의 여지가 없는 사실이다.

백화점이나 쇼핑센터에서 한가롭게 시간을 보내는 일은 피하도록 해라. 광고도 보지 않는 것이 좋다. 그래야 불필요한 구매 욕구를 줄일 수 있단다. 이렇게 하면 너의 마음은 물질적인 것에 머물지 않고, 오랫동안 전념할 수 있는 더 나은 무엇인가로 향하게 된단다. 바로 사람, 이상, 일에 대해 더욱 몰입할 수 있게 되는 것이지.

전문가들이 성공한 사람들의 소비성향에 대해 연구한 결과를 알려주마. 아마 너도 이 가운데 해당되는 부분이 있을 것이라고 본다.

- 약 70%의 성공인사들이 진품 명화를 가지고 있다.
- 50%에 가까운 성공인사들은 골동품을 가지고 있다.
- 40%의 성공인사들은 홈 씨어터를 가지고 있다.
- 35%의 성공인사들은 집을 두 채 소유하고 있다.
- 30% 이상의 성공인사들은 적어도 3대의 자동차를 가지고 있다.

- 15%의 성공인사들은 집 뒷마당에 풀장을 갖추고 있다.
- 13%의 성공인사들은 총기실을 가지고 있다.
- 대략 10%의 성공인사들이 모터보트를 가지고 있다.
- 2%의 성공인사들은 집에 테니스 코트를 만든다.
- 1%의 성공인사들은 실내구장을 가지고 있다.

물론 우리는 금전과 재물, 성공, 이 세 가지의 균형을 유지해야 한다. 대부분 성공한 유명인사들은 금전이 그들의 성공을 가늠하는 기준은 아니라고 말한다. 높은 수입이나 부귀영화는 성공의 부산물이며, 결코 그것들이 성공을 가져온 것은 아니란다.

너는 묻고 싶겠지.

"그게 무슨 차이가 있나요? 내가 버는 돈이 많아질수록 더 많은 것들을 가질 수 있으니 내 삶은 당연히 더 나아지는 것이죠."

하지만 사실은 그렇지 않다. 벌이가 많아질수록 씀씀이도 커진단다. 희생해야 할 것도 점점 많아지지. 나는 너에게도 이와 같은 경험이 있을 것이라고 생각한다.

이것만은 꼭 기억해라. 부는 네가 얼마를 벌 수 있느냐가 아니라 네가 번 돈으로 얼마나 잘 살 수 있느냐를 말한다는 점을.

부자가 되고 싶다면 제일 먼저 자신의 의지대로 살아가는 방법을 배워야 한다. 너의 씀씀이를 조절하는 방법을 포함해서 말이다. 500달러를 벌어 400달러를 쓰는 것은 너에게 만족감을 줄 수 있다. 하지만 500달러를 벌어 600달러를 쓴다면 너의 인생은 비참해진단다. 너의 지출이 수입을 초과해서는 안 된다는 뜻이지.

너의 은행계좌에 대해서도 이야기하고 싶구나. 저축에는 두 가지 용도가 있지. 하나는 예측할 수 없는 지출에 대비하기 위해서이다. 예를 들면 집안의 냉장고가 고장나서 더 이상 고쳐 쓸 수 없을 때 새로 사야 하는 것과 같은 경우지. 다른 하나는 매년, 아니 매일 지출해야만 하는 고정 지출이다. 소득세의 연말 정산에 적는 아이의 학비 같은 것 말이다. 만일의 상황에 대비하기 위해 매월 너의 소득 가운데 은행계좌에 넣을 금액을 정하고, 매 분기 나가는 주택비 지불을 끝내도록 해라. 아직 젊은 너는 나의 이런 생각에 쉽게 적응할 수 없을지도 모른다. 하지만 네가 65세가 되었을 때를 생각해 보아라. 나는 네 나이였을 때 주택에 투자하기로 결심했었다.

어째서 주택에 투자하는 것이 좋을까? 현행 세금제도에 따르면 집을 살 때 파생되는 자본의 이윤에 대해서는 세금을 낼 필요가 없단다. 본질적으로 이야기하자면 그것은 제2의 은행계좌라 할 수 있지.

물론 주택이라는 고정자산에 투자하는 것 외에도 다양한 투자방법이 있다. 만일 네가 주식과 채권에 투자를 고려하고 있다면 우선 철저한 계획을 세우도록 해라. 주식 투자는 반드시 주의를 기울여야 해. 이러한 종류의 투자는 여유자금 혹은 없어도 괜찮은 돈으로 하도록 해라. 돈이 있어 투자를 하겠다면 꼭 그 방면의 기본적 지식을 갖추어야 한다. 어떤 종류의 투자방식 혹은 저축방식이 너에게 가장 적합할지 네 스스로 잘 선택할 것이라 믿는다.

또 한 가지, 나는 너의 지출 가운데 큰 액수를 차지하는 것은 네가 언제든 경제적 책임을 다할 수 있도록 준비하기 위한 것이어야 한다고 생각한다. 생명보험과 같은 큰 지출은 지불기간을 확정하여 미리 준비하는 것이 좋다. 만에 하나 너의 삶이 정상궤도에서 벗어나게 되더라도 생명보험금을 미리 준비해 둠으로써 네 아내와 자식의 남은 삶을 보장하게 되는 것이지.

지출이 수입을 밑도는 생활은 채무의 발생을 피할 수 있다. 사람이 씀씀이를 조절할 줄 아는 개념이 없으면 마치 돈을 물 쓰듯 쓰게 되고 끝내 빈털터리가 된단다.

내가 젊었을 때 알고 지냈던 사람 이야기를 해주마. 그는 적은 수입 때문에 아내와 아이와 함께 아주 작은 아파트에 세들어 살고 있었지. 그가 한번은 창업자금으로 10만 달러를 빌렸는데, 그 돈을 가족들과 디즈니랜드에 가서 6주 동안 머물며 노는 데다 쓰고 말았단다. 플로리다에서 돌아온 후, 그는 아이에게 새 신발 한 켤레 사 줄 수 없는 신세가 되었단다. 그 가족은 그때 이후 편할 날이 없었고, 그는 엄청난 빚을 막는 데 남은 인생을 바쳐야 했어.

그 사람은 씀씀이를 조절하는 법을 알지 못했기 때문에 큰 대가를 치르게 된 셈이다. 많은 사람들은 자신의 인생이 숙명, 운, 인연 같은 것에 의해 좌우된다고 믿고 있지. 사실 우리가 처한 상황이 예상과 다를 때 책임져야 할 사람은 다른 어떤 이가 아닌 자기 자신인데 말이다.

네가 가진 부를 계속 유지하고 싶다면 직접 나서서 그것을 만들어야 한다. 씀씀이를 조절하는 것이 너를 하룻밤 아니 일 년 안에 부자로 만들어 주는 것은 아니다. 그러나 그것은 네가 미래에 누리게 될 부를 만들고 있다. 그것은 네가 너의 가족을 더 잘 돌보고, 채무를 멀리 할 수 있게 해준다.

'부는 네가 얼마를 버느냐가 아니라 네가 번 돈으로 누리는 생활수준을 가리킨다.'

이 말은 나의 일생에 영향을 주었다. 나는 네가 이 말을 네 인생의 좌우명으로 삼았으면 좋겠구나.

부의 참맛을 아는 데 억대의 재산이 필요한 것은 아니다. 네가 원하는 대로 살 수 있으면 그게 진정한 부자라는 사실을 잊지 마라. 어떤 사람들은 자신의 운명이 별자리 책에 적혀 있는 그대로이며 누구도 바꿀 수 없다고 생각한다. 그들이 틀렸다. 너의 운명은 네 스스로 만들어야 한다. 너의 하루하루의 삶이 결국엔 너의 운명이 된다.

임국화

목포대학교 중문과를 졸업하고, 인하대 교육대학원에서 중국학 교육 석사를 바았
다. 중국 베이징 수도 사범대학과 난징 사범대학에서 수학했다. 현재 SBS 번역 대상
최종심사기관으로 위촉된 (주)엔터스코리아 전속 중국어 번역가로 활동 중이다.
역서로는 〈망원경을 낀 기린〉, 〈그림으로 배우는 중국문화〉 등 다수가 있다.

용기 삶을 바꾸는 힘

초판 1쇄 인쇄일 2014년 11월 15일
초판 1쇄 발행일 2014년 11월 20일

지은이 짱젠펑
옮긴이 임국화
발행인 최화숙
발행처 집샤재

출판등록 1994년 6월 9일
등록번호 제10-991호

주소 서울시 마포구 서교동 377-13 성은빌딩 301호
전화 335-7353~4
팩스 325-4305
이메일 pub95@hanmail.net / pub95@naver.com

ISBN 978-89-5775-161-9 03820
값 13,000원